# Heiter fällt das Blatt vom Baum

# Werner Veidt

# Heiter fällt das Blatt vom Baum

Verlag Karl Knödler
Reutlingen

Meiner Tochter Ursula


Printed in Germany 1982
Umschlag, Vorsatz und Vignetten:
Helmine Wandel
Herstellung: Druckerei Harwalik KG, Reutlingen
ISBN 3-87421-110-X

# Kurzgefaßter Lebenslauf

Im Jahre eintausendneunhundertunddrei,
bei uns zu Hause Kindergeschrei.
Vater benommen, Mutter beglückt,
Knabe das Licht der Welt erblickt.
Die ersten Zähne, die ersten Haare,
unvergeßliche Lausbubenjahre.
Schule besucht und nichts gelernt.
Mit vierzehn Jahren Mandeln entfernt.
Die erste Liebe, der erste Kuß,
Reifeprüfung und Schulabschluß.
Verkrachte Lehre, – der Schritt zum Theater,
gegen den Willen von Mutter und Vater.
Drei Jahre umsonst durch Rußland marschiert,
heimgekommen und entnazifiziert.
Die Welt gesehen – Amerika,
Führerschein zwo und K.V.K.
Holder Jungfrau die Hand gegeben,
dadurch gefesselt fürs ganze Leben.

Kinder geboren sozusagen,
wenigstens dazu beigetragen.
Häusle gebaut und Schulden gemacht,
Steuern bezahlt – Projekte verkracht.
Vielen Menschen Humor gebracht
und täglich abends ab »acht« gelacht.
Das wär »das Wesentliche für heut«.
In diesem Sinne

Ihr Werner Veidt.

# Der weiße Engel

»Wir werden ihn wohl tragen müssen«, sagte der DRK-Helfer zu seinem Kollegen, als sie vor dem Bett des Alten standen, der hilflos und ergeben im Schlafanzug mit übergehängtem Mantel auf seiner Bettkante saß. – Die Wohnung lag im 3. Stock. Mit vereinten Kräften halfen sie ihm auf die Beine, nahmen ihn hoch und trugen ihn hinaus. »Vergessen Sie bitte auch meinen Hut und den Schirm nicht«, jammerte der Alte, – »falls es im Krankenhaus regnen sollte.« Unten stand der Notarztwagen bereit. Ein paar neugierige Nachbarn lugten verstohlen hinter den Gardinen ihrer Fenster hervor und genossen den Abtransport.

Später erfuhr er in der Anstalt, daß man ihm während der ersten Zeit infolge seines komaverdächtigen Zustandes eine Nachtwache ans Bett gesetzt hatte. Und sie selbst, die junge Schwester Renate, verriet ihm, daß sie ihm des öfteren die Hände festhalten mußte, wenn er während seiner nächtlichen Halluzinationen laute Selbstgespräche geführt habe. »Was er denn alles gesagt habe«, wollte er wissen. Sie aber sah ihn nur stumm an, legte den Finger vor den Mund, als wollte sie sagen: Das bleibt unter uns. – Dann verließ sie lautlos den Raum. Lange noch haftete sein Blick auf der Tür, die sie behutsam hinter sich geschlossen hatte. Die Uhr vom Turm schlug die volle Stunde. Er griff zur Nachttischlampe und löschte das Licht. – Ein Engel war durch's Zimmer gegangen.

Am anderen Morgen brachte ihm die Schwester das Frühstück und die Post. Um 11.00 Uhr kam das Ärzteteam zur Visite. Nachdem man EKG, Kreislauf und Temperatur überprüft hatte, meinte Chefarzt Dr. Sommer, der Patient könne nunmehr für einige Stunden das Bett verlassen, um sich wieder ans Gehen zu gewöhnen. Nach dem Mittagessen stand er auf, zog den Morgenrock über und ging hinaus auf den Flur. – Da begegnete ihm Renate, beobachtete seine noch etwas unsicheren Schritte, hakte sich bei ihm ein, ging mit ihm bis zum Ende des Ganges und brachte ihn dann wieder zurück vor sein Zimmer. Unter der Tür fragte er sie etwas unsicher, ob das schlimm sei, was die Ärzte am nächsten Morgen mit ihm vorhätten. – Da lachte sie und gab ihm zu verstehen, daß es sich dabei nur um einen »harmlosen« Eingriff handle, bei dem lediglich eine winzige Knochenmarkprobe entnommen werde. »Mein

Gott«, stöhnte er. Sie legte ihm beruhigend die Hand auf die Schulter und sagte: »Ich bin ja dabei. Ich halte Ihnen beide Daumen.« – »Die Daumen werden mir nichts nützen«, rief er ihr noch nach, »halten Sie mir lieber die Hand!«

Er verbrachte eine unruhige Nacht. Dr. Jablinski, dessen Aufgabe es gewesen war, diesen Eingriff an ihm vorzunehmen, fragte nachher, ob er denn überhaupt etwas davon gespürt habe. Da schlug er die Augen auf und sagte: »Nur die Hand.«

Er durfte ausgehen, und Schwester Renate begleitete ihn.

Ein zarter Wind strich über die reifen Felder, die sich mit rotem Mohn und leuchtenden Kornblumen geschmückt hatten. Schwester Renate trug ihr weißes Kleid, das er so sehr an ihr liebte. Müde von der langen Wanderung, ließen sie sich erschöpft ins Gras fallen. Es roch nach Heublumen und frisch gemähtem Klee. Sie hielten die Arme unter dem Kopf verschränkt und blinzelten in die Sonne. – Ob er sie noch zu einem Gläschen Wein einladen dürfe, fragte er schüchtern. Er durfte. Da sprang er auf, reichte ihr die Hand und half ihr hoch. Dann schlugen sie den schmalen, abkürzenden Feldweg ein, der unten am Mühlbach endete. Drüben lag der kleine Gasthof, vor dem einige Tische und Stühle aufgestellt waren. Der Mühlbach quirlte und sprang über seine blankgewaschenen Steine, um sich in einer stillen Mulde zu sammeln. Das Wasser war klar bis auf den Grund. Eine Forelle schaukelte sich in der Sonne. Er zog seine Schuhe aus, krempelte die Hosenbeine hoch und trug das Mädchen hinüber. Die Kellnerin stand mit verschränkten Armen vor dem Eingang und wartete auf Gäste. Im Vorbeigehen gab er seine Bestellung auf und führte die Begleiterin an einen Tisch. Dann erzählte er von seinem Studium, von den bevorstehenden Semesterferien und daß er im nächsten Jahr ins Examen steigen wolle. – Sie hörte ihm aufmerksam zu und spielte dabei verlegen mit einem Bierdeckel. Die Bedienung brachte den Wein. Ihre Gläser klangen zusammen, und er versank für einen Augenblick in dem Glanz ihrer samtenen Augen. Der alte Herr, der am Nebentisch saß, betrachtete verstohlen mit einem wohlgefälligen Schmunzeln das »junge Paar«. Nachdem sie ausgetrunken hatten, stand er auf, um zu bezahlen. Renate folgte ihm langsam nach, nicht ohne dem einsamen alten Herrn am Nebentisch noch einen freundlichen Blick geschenkt zu haben.

Die Abendglocke wurde von einem vorüberbrausenden Düsenjäger zugedeckt. Hand in Hand schritten sie dorfeinwärts. Eine frische Brise, die vom Wald herüberkam, senkte sich wohltuend über Häuser und Gassen. Vor ihrer Haustür angekommen, reichte sie ihm die Hand, und er erinnerte sie daran, daß sie ihm versprochen hatte, bis zu den Semesterferien auf ihn zu warten. Dann steckte sie den Schlüssel ins Schloß, wandte sich noch einmal um, schlang impulsiv die Arme um seinen Hals und bot ihm ihre Lippen zum Kuß.

Eine Tür wurde aufgerissen, und das lautstarke Organ von Schwester Cornelia rief ein »Fröhliches Guten Morgen« ins Zimmer. Mit ihrem forschen Schritt durchmaß sie den Raum, riß sämtliche Fenster weit auf, trat an sein Bett und steckte ihm das Fieberthermometer unter den Arm.

Am anderen Morgen eröffneten ihm die Ärzte, daß er nunmehr soweit hergestellt sei, daß er die Anstalt verlassen könne. Nach dem Frühstück stand er auf, ging an den Schrank und packte seine Sachen. Auch zum Mittagessen war er noch geblieben, und als er sich gerade anschicken wollte, zu gehen, kam »Sie« ins Zimmer mit Kaffee und Kuchen: »Die Henkersmahlzeit!«, versuchte sie zu scherzen. Da bat er sie, sich für einen Augenblick zu ihm an den Tisch zu setzen. Er wollte ihr noch danken für all das, was sie während dieser Zeit über ihre Pflicht hinaus für ihn getan hatte. Gern hätte er sie um ein kleines Foto von ihr gebeten, aber das schickte sich wohl nicht für sein Alter. Er hatte sich ihr Bild ohnehin fest eingeprägt:

die anmutige Gestalt, der das gestärkte Weiß so gut zu Gesicht stand, das blau-schwarz schimmernde in der Mitte gescheitelte Haar, das im Nacken durch ein zartes Band zu einem Knoten geflochten war. Ein fast klassischer Rahmen für das wohlgeformte Antlitz der schönen Schwester, dachte er.
Als sie ihm den Kaffee eingoß, bewunderte er noch einmal ihre heilenden Hände, und nun wollte er sprechen. Da hallte eine Stimme durch's Mikrofon: »Schwester Renate, zum Chefarzt!« – Wie um sich entschuldigen zu wollen, legte sie ihre zarten Finger auf seine alte, welke Hand. Dann eilte sie hinaus. – Da saß er nun und hatte sie nicht einmal zur Tür gebracht. Vor 40 Jahren wäre ihm das nicht passiert. – Der Diakon war eingetreten und fragte, ob er jetzt das Taxi rufen könne. Der Alte nickte stumm, raffte seine Sachen zusammen und blickte sich noch einmal im Raum um. Noch einmal betrachtete er das Bild über seinem Bett, das einen schlafenden Greis unter einem blühenden Apfelbaum darstellte. Dann ging er still hinaus.
Durch eilende Schwestern, die bereits das Abendbrot für die Patienten vorbereiteten, bahnte er sich seinen Weg bis zum Ende des Flurs, von wo ihn der Fahrstuhl nach unten zum Ausgang brachte. Fast achtlos ging er am Pförtner vorüber, für den er ohnehin nur eine Nummer gewesen war. Die Tür fiel hin-

ter ihm ins Schloß. Er atmete tief auf. Es war noch hell am Tag und die Luft zitterte unter einem klarblauen Himmel. Langsam ging er nach vorne zur Einfahrt, und ohne auf den knatternden Lärm eines Preßlufthammers zu achten, überquerte er die Strasse, wo auf der Gegenseite das Taxi bereitstand. Der Fahrer kam ihm auf halbem Weg entgegen, nahm ihm sein Gepäck ab, verstaute es auf dem Rücksitz des Wagens, half ihm beim Einsteigen, setzte sich selbst ans Steuer und gab Gas.
Der Alte hatte den Hut ins Genick geschoben und blickte nach vorn. Er wagte es nicht, noch einmal zurückzuschauen, sonst hätte er hinter sich im VI. Stockwerk auf 614 am Balkonfenster eine Gestalt sehen können, die regungslos und unverwandt dem abrollenden Fahrzeug nachblickte. – Der Engel in Weiß. –

## Gäbeles Emma

*Ein heiteres Spiel*

| | | |
|---|---|---|
| *Personen:* | Heinrich Gäbele | Onkel Gustav |
| | Hermine, seine Frau | Tante Albertine |
| | Edith, Tochter | Herr Eisemann |
| | Eberhard, Sohn | Frau Knorz |
| | Mäxle, Sohn | Wachtmeister |

*I. Bild*

Hermine: Ist dr Vatter immer no net z'rück aus Gerlinge?

Edith: Wenn er dort hockt, kommt er nie heim. I möcht no wisse, was er an dene für en Narre gfresse hat?

Hermine: Weil er sich ei'bildet, dr Onkel Gustav dät in sei'm Testament au an ihn denke, wenn er amol stirbt.

Edith: Do wird's ihm net schlecht werde! Schließlich zählet mir doch bloß zur Verwandtschaft zweiten Grades. Bis die andere alle zu ihrem Teil komme sind, bleibt für unsern Vatter nix meh übrig, – höchstens die Erbschaftssteuer.

Hermine: Dees sag ich ihm jeden Tag, aber er meint ebe, er müß em Onkel 's Mulle streichle und merkt gar net, wie er von dene ausgnützt wird. Ob bei dene a Bühnelade wackelt, ob se ebber zum Dresche brauchet, wege jeder Kleinigkeit holt mr de Vatter. Aber zur Metzelsupp, do kommet noh de andere.

Edith: Obwohl – also leer ist er eigentlich no nie heimkomme.

Hermine: Es ist mir lieber, er kommt leer heim, als so voll wie neulich. Aber do stellet se ihm immer en Krug von ihrem saure Most na', damit er ja nochher vom Wei' nix trinke kann. Ein interessiertes Volk! Und was sie ihm sonst no mitgebet, ist meistens net weit her. Die Wurst neulich, die hot doch en Stich g'het und bei

dem Feldhase an Weihnachte isch's au höchste Zeit gwese, daß der gschosse worde ist. Lang hätt sich der nemme ghalte.
*(Es klingelt)*

Edith: Dees wird er sei'.

Hermine: Gang naus und mach auf. I hol sei' Vesper rei'. Er hat jo doch nix gscheit's kriegt bei dere hungrige Gsellschaft.
*(Stimmen von draußen. Näherkommend:)*

Edith: Ja Vatter, was bringst denn du do a'gschleppt? Was hast denn in dem Sack drin?

Heinrich: Staune werdet ihr älle mitanander, – i sag bloß: »staune«! Der Stelzengasse 14 ist Heil widerfahre! Wo ist d' Mutter? Wo sind die Buebe?

Edith: Die Buebe sind drauße beim Spiele und d' Mutter ist in dr Küche.

Heinrich: Rei'komme! Älle amol rei'komme!

Bauklötzle werdet ihr staune. – Ruhig do drinne, Emma, ganz ruhig!

Edith: *(aus dem Fenster)* Max! Eberhard! Rei'-komme, dr Vatter ist da!

Hermine: *(aus der Küche)* So, do hab e 's Vesper! Oder hast du in Gerlinge scho g'esse?

Heinrich: G'esse und trunke, Mutter, – ond no ebbes mitbrocht. Do, guck na'. Was glaubst au, was dees ist?

Hermine: E dreckiger Sack auf mei'm neue Teppich. Ach du meine Güte! Was ist denn do drin?

Mäxle: *(kommt herein)* Ach was, grad jetzt, wo i hätt en Elfmeter schieße dürfe!

Eberhard: Reg di net auf, mir ganget glei wieder. Hot dr Vatter ebbes mitbrocht?

Mäxle: Was ist denn in dem Sack drinne, der zappelt ja so?

Eberhard: Au, vielleicht e Hundle?

Heinrich: Was Hundle! Seit wann werdet in dr Stelzegaß Hund g'esse? Noi, noi, ebbes viel schmackhafters. – Komm raus, Emma, zeig dich deinem Publikum! *(Gans schnattert)*

Alle: E Ga's!

Mäxle: Dui lebt jo!

Edith: E schö's Tierle!

Heinrich: Was? Gell, do staunet ihr? E Mordsga's. Emma heißt se ond die werdet mir uns schmecke lasse. Dees gibt's Festesse zu mei'm fünfezwanzigjährige Jubiläum beim Sängerbund. Gespendet vom Onkel Gustav. Die wird recht, bis dona!

Hermine: 's Jubiläum ist doch erst in sechs Wocha. Wo soll denn dees Viech so lang bleibe?

Heinrich: Bei ons. – Wo denn sonst?

Hermine: In dr Wohnung? In meiner Wohnung? Dees ist doch net dei' Ernst!?

Heinrich: Worom denn net? Wo soll se denn sonst na'? Die Gans hat mir dr Onkel Gustav gschenkt ond mi gebete, sie mitzunehme, ond i ben froh gwese über so e Gschenk. Wer weiß, in sechs Wocha ka' der sich dees wieder zehnmol überlegt han.

Eberhard: Ha klar!

Heinrich: Noi, Mutter, sicher ist sicher. Mr muß sozusage die Ga's schmiede, so lang se warm ist. Die wird bei ons gmästet ond zum Jubiläum hent mir ein feudales Esse. Kostenlos, notabene!

Mäxle: Prima! Eberhard, host du scho amol en Ga'sbrote g'esse?

Hermine: Mir hent doch kein Hof, kein Stall, überhaupt kein Quadratmeter Platz, wo sich die Ga's aufhalte kann. Mir sind Mieter, drzu noch bei einem überaus gehässige und bösartige Hausbesitzer. – Also Heinrich, manchmol zweifel ich wirklich an deiner Zuerechnungsfähigkeit! – Edith, sag doch au amol ebbes.

Edith: Ja, also i muß scho sage, Vatter, du hast dir dees bestimmt net überlegt.

Eberhard: Worom? Dr Vatter hat recht. – Ond statt daß ihr euch freuet, wenn er so en seltene Brote hoimbringt, machet ihr ihm no Vorwürf!

Mäxle: Andere Leut wäret froh, wenn se Ga's-brote hättet!

Hermine: Ruhig, ihr zwei, Eberhard ond Max! Euch hot mer net gfrogt und i han au nix gege den Ga'sbrote. Gschlachtet und ausgnomme am Obed vor em Fest ist mir e Ga's herzlich willkomme, aber sechs Woche lang in mei'm Haushalt, dees ist ein Ding der Unmöglichkeit. Wie stellet ihr euch denn dees vor? So e Viech in dr Wohnung!
*(wütend)* Gschsch – gsch – gsch! Gohst von dene Vorhäng weg! Heinrich, heb se, die frißt mir jo meine Vorhäng!

Heinrich: Sei doch net so aufgregt! Pfui, Emma, Also paß amol auf, Mutter! Erstens ist dees koi Viech, sondern e ganz ruhige Sach, e eßbare sogar. Zweitens ganget sechs Woche au amol rom und drittens wär's gelacht, wenn mir net e Plätzle finde dätet, wo sich dees Tierle aufhalte ka'.

Hermine: Wo denn? Im Keller ond in dr Waschküche isch koi Platz, dees dät unser Hausbesitzer au gar net erlaube ond andere Möglichkeite seh i keine.

Mäxle: In dr Küche, Mutter!

Hermine: Gschwätz domms.

Eberhard: Wenn mir do e Kistle na'stellet . . .

Heinrich: Richtig, Buebe, ganz recht! Mr muß sich z'helfe wisse. Onser Küche ist gar net so klei', wie se aussieht.

Hermine: Aber dees goht doch net; wenn do amol Bsuch kommt . . .

Eberhard: No schiebt mr die Kist ei'fach unter de Herd.

Hermine: Ond der Gstank!

Mäxle: An den wird se sich scho gwöhne.

Heinrich: Mr goht au amol naus mit ere. Obends, wenn's donkel isch, natürlich. Do ka' se no ihr Sächle mache. Also, dees übernehm i. So guet dr Herr Nachbar jeden Obend mit sei'm Hund nontergoht, so guet kann au i in Zukunft mit dr Ga's nonter.

Eberhard: Prima, Vatter! Ond mir, mir nehmet se au mit, wenn mir auf de Sportplatz ganget, do isch e schöner Rase.

Mäxle: Ond so lang mir spielet, kann dui fresse.

Heinrich: Mutter, du wirst überstimmt. Also keine lange Faxe. Mir werdet ons doch so en schöne Brote net entgehe lasse. Die Emma bleibt do ond wird in dr Küche unterm Herd ei'quartiert. Los, Buebe, in Keller nonter und e alte Kist raufgholt. I gang solang zom Schreiner nüber und hol en Sack voll Holzwolle. Du, Edith, stellst en Hafe Kartoffle auf de Herd,

damit dees Tierle ebbes z'fresset kriegt. Dees wär nomol schöner, wenn mir mit dem Problem net fertig werde dätet. Die paar Unannehmlichkeite müsset mr ebe jetzt in Kauf nehme, dadrfür winkt ons aber au die Belohnung! Oms Nomgucke sind die sechs Woche rom ond der Jubiläumstag ist do ond dann sollet die Leut in der Stelzegaß amol höre, wie's dr Familie Gäbele auf Nummero vierzehn schmeckt!
*(Gans schnattert)*

*II. Bild*

Hermine: *(in der Küche hantierend)* Kei' Mensch goht wieder her zum Mittagesse.
*(Klingel, Türe, Schritte)*

Ach du bist's, Edith?

Edith: Oh, ist dees heut e Hitz! Isch dr Vatter no net do? Der ist doch sonst immer so pünktlich.

Hermine: Sei' Schlauch am Fahrrad ist doch immer kaputt, no muß er e paarmol uffpumpe unterwegs.

Edith: I han en Mordshunger!
*(Sie zieht die Kiste unter dem Herd vor.)*

Hermine: Laß doch die Kist unterm Herd stande.

Edith: Die ist ja leer! Wo isch denn d' Emma?

Hermine: Wo wird se sei'! Wahrscheinlich stoht se wieder vor em Schulhaus ond wartet, bis die Kinder rauskommet. I will froh sei', wenn die sechs Woche voll rom send.

Edith: Ach Mutter, so schlimm isch's doch gar net. Unser Emma ist doch so e netts, bravs Tierle.

Hermine: Gang amol nei' ond guck dir dein Gummibaum a', ob dir dees Tierle dann au no so nett und brav vorkommt!
*(Schlüsselgeräusch an der Glastür.)*

Endlich kommt dr Vatter scheints.

Heinrich: Mahlzeit! – Wo isch d' Emma?

Hermine: Emma, Emma, Emma! De ganze Tag nix als Emma.
*(Es klingelt Sturm.)*

Alle: Dees werdet se sei'.

Buben: *(singend)* Die Gans kann fliegen,
im Wasser liegen,
und Eier legt sie a,
groß und kla.
Ssst – jetzt sind sie da!

Eberhard: Komm, Emma, Mittagesse!

Heinrich: Hat die euch wieder von dr Schul abgholt?

Mäxle: Jo ond em Friseur seim Troll in de Schwanz nei'bisse.

Eberhard: Die wird mit jedem Hund fertig! Au, Vatter, in dr Geografiestund hent mir heut glacht, – weil's im Klassezimmer so heiß gwese isch, hat dr Herr Lehrer d' Tür aufgmacht, damit's e bißle durchzieht – hahaha! Uff ei'mol kommt d' Emma rei'gwatschelt, goht an de Papierkorb ond hot sich die Äpfelbutze rausgsuecht.

Heinrich: Was hot no euer Lehrer gsagt?

Eberhard: *(den Lehrer nachahmend)* Wem gehört diese Gans? Wie i mi gmeldet han, sagt er: »Sage deiner Schwester, der Eingang zur Mädchenschule sei auf der anderen Seite.« Do hot de ganz Klass z'sammeglacht; aber d' Emma hot oineweg dobleibe dürfe.

Hermine: Sitzet jetzt na' und esset! Mäxle, willst du von dem Salat?

Mäxle: Mein' kriegt d' Emma!

Hermine: Jetzt han i dir scho hondertmol gsagt, die Ga's hot auf em Tisch nix verlore. Marsch, ronter!

Heinrich: Tu se doch in ihr Kist nei'.

Edith: Jetzt höret doch endlich amol mit dere Ga's auf! Als ob's überhaupt kei' anders Thema meh gebe dät bei uns.

Heinrich: Du hoscht recht, – aber grote tuet se. *(Klingel)*

Hermine: Was isch denn jetzt scho wieder?

Heinrich: Bleib sitze, i mach scho auf. *(Gespräch im Flur)*

Fr. Knorz: Also Herr Gäbele, dees will ich Ihne sage: wenn mir au d' Kehrwoch hent, aber dees könnet Se net verlange, daß mir de Dreck von Ihrer Ga's auf dr Trepp wegputzet.

Heinrich: Hot au koiner verlangt, Frau Knorz, obwohl i mi net entsinne kann, daß unser Emma jemals . . .

Fr. Knorz: Do gucket se na', überzeuget Se sich selber. Jetzt han i die Trepp grad nontergriebe ond kaum bin i fertig, dui Sauerei. E Wohnung ist jo schließlich koi Stall.

Heinrich: Mei' Frau putzt's weg; jetzt reget Se sich no net auf.

Fr. Knorz: Do muß mr sich doch aufrege, wenn solche Zuständ ei'reißet. Und wenn i mit em Aufputze auf Ihr Frau warte will, die 's ganz Johr koin Lompe in d' Hand nemmt . . .

*(Man hört, wie Hermine das Besteck auf den Tisch knallt und aufspringt.)*

Hermine: Was hör i do? Sie o'verschämts Frauezimmer, Sie! Dees ist eine Beleidigung, – dafür werd i Sie verklage! Heinrich, host du dees ghört? Die hat's grad nötig! Sie soll amol ihr Wäsch a'gucke, wie die dronte hangt, – von ihre dreckige Better will i jo gar net schwätze.

Fr. Knorz: Dreckige Better hent Sie gsagt? Ein Moment!

*(Sie klingelt)*

Herr Eisemann, Sie send dr Hausbesitzer. Diese Person hier will mei' Wäsch verunreinige und meine Better rontersetze! Siebe Jahr bin ich jetzt in dere Wohnung, Herr Eisemann, Sie kennet meine Better ganz genau . . .

Eisemann: Mit Ihre Better will i nix z'tont han, dees

ist Weibersach. Aber Ihne, Herr Gäbele, wollt ich bloß sage, daß laut Paragraph zehn des Deutschen Hausmietvertrages das Halten von Tieren ohne Genehmigung des Hausbesitzers verbote ist.

Fr. Knorz: Jawohl, ganz richtig, Herr Eisemann! Dees hab ich au glese ond deshalb verlang ich, daß dr Herr Gäbele die Ga's wegtut.

Heinrich: Dees mach i, Frau Knorz, die Ga's tu i weg – und zwar genau am 24. Juli, an mei'm Jubiläum zum Festesse, – an dem übrigens unser Hausherr, dr Herr Eisemann, selbstverständlich au teilnehme wird. Ich bin bloß no net drzuekomme, ihn einzulade; aber mei' Frau hat immer gsagt: »Unser Hausbesitzer, dr Herr Eisemann, ist so e vornehmer ond edler Charakter, daß er an diesem Tag an unserem Tisch net fehle därf. So viel i weiß, ist Ga'sbrote sei' Leibesse.« – Bis dahin müsset Sie sich allerdings no gedulde.

Fr. Knorz: Gedulde? Herr Eisemann? Wie soll ich dees verstehe?

Eisemann: Sie habe's ja ghört, Frau Knorz. Dr Herr Gäbele tut die Gans weg, mehr kann ich als Hausbesitzer net verlange. Zu sei'm Jubiläum, zum Festesse – bis dahin müsse mir uns ebe noch gedulde, wie dr Herr Gäbele sehr richtig gsagt hat.

Fr. Knorz: Ach so isch die Sach? Na ja, mr weiß ja, was mr von solche Redensarte zu halte hat. *(Schlägt die Tür hinter sich zu.)*

Eisemann: Übrigens, Herr Gäbele, das mit dem Mietvertrag war net so gmeint. Und was i noch sage han wolle: wenn Ihr Emma, die Ga's, e bißle in mei'm Salatgärtle spaziere gehe möcht, i han nix drgege. Mr hat ja schließlich Verständnis für so e Tierle. Mr ist ja e Mensch.

*III. Bild*

Hermine: Laß dir's schmecke, Heinrich. Stärk dich vor dei'm große Tag! Dr Herr Beuttenmüller hat mir übrigens in dr Stadt heut verrote, daß dr Sängerbund morge um Elfe vor deim Fenster singe wird. I freu mich jo diebisch, scho wege der Knorze unte, – die platzt doch vor Neid.

Heinrich: Laß se platze! Die soll ruhig sehe, wie mr als anständiger Bürger gschätzt wird. Die Familie Gäbele ist immer noch die Familie Gäbele. – Aber dei' Käs ist heut guet! So mag en, wenn r lauft.

Hermine: Extra für di aufghobe, Vatter. Für unsern Jubilar, wenn er au manchmol e bißle bruddelt.

Heinrich: Laß no, Mutter, im Allgemeine hent mir uns immer ganz gut verstande. Und die paar Jährle, bis unsere Junge groß sind, bringe mir au voll rom. – Donnerwetter, ist der Käs guet! Also unser Hausbesitzer kommt, er hat mer's extra nomol gsagt und mit de Gerlinger müsse mr au rechne. I denk, de Onkel Gustav setzet mer oba na', an's Präsidium. – Tätst du mir dees Brot nomol rübergebe, – also so e Käs! – Was isch denn dees für e Messer? – Emma, geh vom Sofa ronter! Seit wann hent mir denn so e groß Messer? Host du dees do na'glegt?

Hermine: Ha, du brauchst's doch.

Heinrich: I? E Metzgermesser? Was soll i denn dodrmit a'fange?

Hermine: D' Emma muß doch heut obend no gschlachtet werde, wenn mir se morge esse wöllet.

Heinrich: Jaso, natürlich! Aber dees goht doch mi nix a', dees isch doch dei' Sach!

Hermine: Mei' Sach? – Ja soll i vielleicht . . .?

Heinrich: Ja wer denn sonst? Du bist doch d' Köchin!

Hermine: Heinrich! Du wirst doch mir net zumute wölle, daß i mich an dem Tierle vergreif!?

Heinrich: Wer schwätzt denn von vergreife, Mutter! I mein doch bloß – schlachte – e bißle. Ganz vorsichtig natürlich – ond . . . schmerzlos!

Hermine: Unschuldigs Blut vergieße? Nei', Heinrich, so habe mir net gwettet! Du hast deine Gäst zum Ga'sbrote ei'glade. – Mir hättet au Spätzle und Salat genügt, – also ist es deine verdammte Pflicht und Schuldigkeit, die Ga's selber zu schlachte. I bin e Frau und hab ja schließlich no e Herz im Leib.

Heinrich: Und i, soll i vielleicht kei' Herz im Leib han? Soll i vielleicht zum Mörder werde? De ganze Krieg über bin i bei einer Sanitätskompanie gwese und jetzt im Friede soll i zum Schlachtmesser greife?

Hermine: Dees hättest du dir älles früher überlege solle, wenn du gwußt hast, daß du zu feig drzu bist.

Heinrich: Hermine! Was hast du grad gsagt? Feigling? Ohhh! Emma! – Fertigmache!! Wo ist der Sack, in dem i die Ga's vor sechs Woche brocht han? Wo ist's Messer? – Do gang nei', Emma, do nei', in dees Säckle.

Hermine: In den Sack goht die nemme nei', der hat ihr amol vor sechs Woche paßt.

Heinrich: Guet, no nemm e se auf da Arm. – Auf, Emma! *(Gans schnattert)*

Und jetzt 's Messer her. Sag Adjö, Emma, nimm Abschied!

Hermine: Wo willst denn na' mit dr Emma?

Heinrich: *(verzweifelt)* Auf de Friedhof!

Hermine: Was willst denn dort mache?

Heinrich: Umbringe will i se – und mi drzua!

Hermine: Heinrich!

*IV. Bild*

Edith: Vatter! Mutter! Sie senget scho!

Hermine: Und dr Vatter ist no net amol rasiert! Er soll sich beeile. Er muß sich doch bedanke.

Eberhard: Au, die viele Leut do drunte!

Mäxle: *(ruft zum Fenster hinaus)* Hallo! Guggugg!

Hermine: Max, Eberhard, Ganget ihr vom Fenster weg!

Edith: Dr Vatter will sich net rasiere, – er könn kei' Blut meh sehe, sagt er.

Hermine: Eine Stimmung ist dees! Wie in me Trauerhaus.

Mäxle: Mir sind ja au in Trauer, gell Mamme, wege dr Emma!

Hermine: Still jetzt!
*(Es klingelt)*
Se kommet scho.

Edith: Bestimmt sind dees d' Gerlinger. I mach auf.

Hermine: Führ se glei in's Zimmer und nimm die Kompott-Teller mit.
*(Im Flur große Begrüßung, Onkel Gustav, Tante Albertine, Heinrich, Edith und die Buben.)*

Gustav: Ein Hoch dem Jubilar! Mein lieber Heinrich!

Heinrich: Danke, Onkel Gustav. Tante Albertine, nett von euch, daß ihr komme send. 's Esse ist scho fertig.

Albertine: Mr riecht's! Mhm! An dei'm Ehretag dürfet doch die Gerlinger net fehle, gell? Ach, ist dees Mäxle groß worde!

Edith: Jetzt leget no ab und kommet glei rei'. D' Supp steht scho auf em Tisch.

Heinrich: Soll i dir helfe?

Gustav: Danke, 's goht scho. Aber de Kittel därf mr bei euch ausziehe, zum Esse?

Heinrich: Wie drhoim, Onkel Gustav. So, wenn i bitte darf, da obe. Und du da, Tante.

Albertine: Die duftet ja nicht übel, euer Ga's. Wieviel hat se denn ghabt, Edith?

Edith: *(ins Taschentuch schluchzend)* Vierzehnehalb Pfund. Huhuhu!

Gustav: Was hat se denn, euer Edith?

Heinrich: *(kleinlaut)* Nerve!

Hermine: Max, Eberhard, Händ wäsche und na'-sitze zum Esse!

Albertine: De Wei' hent mir selber mitbrocht. Pack aus, Gustav! 52er Sylvaner-Sprößling.

Gustav: Ein Jubiläumströpfle!

Hermine: Onkel Gustav! Tante Albertine! Die Freud!

Albertine/
Gustav: Hermine! So e schöner Tag! – Dees riecht ja herrlich aus deiner Küche!

Hermine: Fanget no a' mit dr Supp. Es nimmt sich jeder selber, wie drheim.
*(Klingel)*

Heinrich: Dr Herr Eisemann, sicher . . .
Den han i jo ganz vergesse!

Edith: Kommet Se no rei', Herr Eisemann, mir habet grad a'gfange.

Heinrich: Es ist aber no gnueg do. Därf i bekannt mache? Unser Hausbesitzer, dr Herr Eisemann, – meine Verwandte aus Gerlinge: Herr Ökonom Breckle mit Frau. Ihr Buebe, do rüber zu mir. So und jetzt guete Appetit allerseits.

Alle: Gleichfalls, danke. – Mhm. Mhm. Mhm. Allen Respekt!

Heinrich: Ja, koche kann se, onser Mutter!

Albertine: I muß se nachher amol froge, wie sie eigentlich die Fülle bei dr Gans macht.

Heinrich: Dr Herr Eisemann ist bei besonderen Anlässen immer bei uns. Selte, daß mir ebbes ohne ihn machet . . .

Eberhard: . . . dürfet.

Heinrich: Psscht!

Hermine: Eberhard!

Edith: Will noch jemand Supp? Dann darf i d' Teller glei mitnehme?

Hermine: Mäxle, oder willst du nomol?

Mäxle: I will heut bloß Pudding.

Gustav: Aber jetzt kommt doch erst d' Hauptsach. Mäxle, do guck her! Und so schö' knusprig!

Edith: Gibst du mir dees Brettle her, Mutter, daß i die Ga's draufstelle kann.

Albertine: I nehm mir glei den Schlegel, den eß i am gernste.

Heinrich: Greifet no herzhaft zue, es rentiert sich.

Gustav: Wie lang hent'r se gfüttert? Sechs Woche, gell?

Herr Eisemann, bittschön! Sie werdet überrascht gwese sei:

Eisemann: Oh, ich hab se gut kennt, die Emma. Sie ist immer so gern in meine Salatbeetle romglaufe.

Heinrich: Ond dees kommt uns jetzt z'guet!

Eisemann: ’s isch wirklich e netts Tierle gwese.
*(Eberhard fängt an zu heulen)*

Hermine: Was ist denn, Eberhard? Was hast denn?

Eberhard: I han heut kein Hunger, Mutter. I kann nix esse.

Hermine: Und du, Mäxle?

Mäxle: Bloß Pudding!
*(Die beiden gehen weg vom Tisch)*

Heinrich: Sind dees komische Leut, ha, Onkel Gustav? Wie steht’s mit dir, Mutter?

Hermine: I will nach meine Kinder gucke. Lasset euch net störe.

Heinrich: Was ist denn in euch gfahre? Edith, du stocherst mir au so komisch im Teller rom.

Albertine: Warum ißt du denn nix, Edith?

Edith: *(schluchzend)* Weil i net kann. – Weil mir älle net könnet.

*(Klingel. Dann Stimme des Wachtmeisters draußen).*

Wachtmeister: Frau Gäbele? Wachtmeister Göckeler vom Polizeirevier zwei. Ich hätt hier etwas abzugebe, wenn es Ihr Eigetum ist. Dr Friedhofswärter hat sie gestern Nacht aufgriffe und behauptet, sie ghör Ihne. Stimmt dees?

Hermine: *(Aufschrei)* d' Emma!

Edith: Emma?!

Buben: Emma?!

Hermine: Kommet Se no rei', Herr Wachtmeister. Ha freilich, sie isch's. Vatter, unser Emma lebt ja.
*(Gans schnattert)*

Heinrich: Emma, Lompetier, elends!

Edith: Ja ist se's wirklich Vatter?

Heinrich: Ha freilich, wer soll's denn sonst sei'?

Hermine: I denk, du hast se gschlachtet? Hast se doch gestern abend umbringe wölle!

Heinrich: Wölle, Mutter, – aber i han's net fertig brocht. I bin wirklich zu feig gwese.

Gustav: Was ist noh dees für e Ga's, die mir jetzt esset?

Heinrich: Eine aus em Lade. Die han i in meiner Verzweiflung gestern obend no kauft.

Edith: Dees klingt jo fast wie e Wunder! Wie ist denn dees passiert, Vatter?

Heinrich: Wie dees passiert isch? Also, nachdem i gestern obend mit meiner Emma unterm Arm und dem Schlachtmesser in dr Hand lostigert ben, han i denkt: jetzt bloß fort, nix wie fort. Und i bin glaufe, – glaufe . . .

Noh war mr aufm Kirchhof. »Jetzt heißt's Abschied nehme, Emma!« han i zu ihr gsagt . . .« Jaja, i weiß, mir send schlechte Menscha. – Und i, i bin dr allerschlechteste. I han di in unser Haus brocht. Aber, daß du net allzu schlecht

von mir denke sollst, – do, guck dir dees Messer a'. Siehsch dees? Siehsch – und des schmeiß i im hohe Boge über d' Friedhofmauer – do kanns kei'm meh schade. Und jetzt muß i di a bißle jage. Auf! Los! Lauf, Emma, so weit du siehst ond so weit di deine Füß traget! Gohscht! Gohscht! – Leb wohl, Emma! Leb wohl! – Alles Guete, Emma! Daß d' no lang lebst... und in guete Händ kommst. Und no bin i in d' Stadt z'rück und han em Lade e Ga's kauft.
*(Alle lachen)*

Eberhard: Dees host großartig gmacht, Vatter! Jetzt han i au wieder Hunger.

Edith: Ach, unser Vatter ist doch e gueter Kerle.

Hermine: Und i han ihn en Feigling gheiße, dabei hat er mehr Muet ghet als mir alle mitnander. – Jetzt wöllet mr aber zuegreife!

Eberhard: Mir e schö's Bruststückle, Mutter.

Mäxle: Ond mir en Schlegel – mit viel Soß.

Heinrich: Gustav, wie wär's mit em Krage? Herr Wachtmeister, dürfet mir Sie ei'lade? Bitte Platz zu nehme und guten Appetit!

Hermine: Esset! Esset Kinder und wenn kei' Bitzele übrig bleibt!

# Das Lämmlein

»Du Mutter«, sagte der kleine Klaus, nachdem er sein Breilein ausgelöffelt hatte, »du wolltest mir doch ein Märchen erzählen.«

»Was man versprochen hat, muß man auch halten«, antwortete die Mutter, »und weil du deinen Teller so schön leer gegessen hast, erzähle ich dir zur Belohnung die Geschichte von dem kleinen Lämmlein und dem bösen Wolf.«

Der Kleine klatschte vergnügt in die Hände, rekelte sich in seinem Stühlchen zurecht, schloß genüßlich die Augen und war ganz Ohr.

»Also, die Sache war so,« begann die Mutter: »Es war einmal ein Lämmlein, das stand treu und brav im Stall neben seiner Schafmama, weil sie ihm streng eingeschärft hatte, nie allein den Stall zu verlassen und niemals auf die Wiese zu laufen oder gar in den finsteren Wald. Denn im Wald, da hause der böse Wolf und wenn der das kleine Schäflein zu fassen bekäme, würde er es auffressen mit Haut und Haar.

Das Schäflein hatte sich auch immer brav an die Anordnung der Mutter gehalten, bis eines Morgens die Stalltür aufging und der Schäfer hereinkam, um die Schafmama zum Haarschneiden abzuholen. Nun stand das kleine Lämmlein mutterseelenallein im Stall. Durch die offen gebliebene Tür blickte es neugierig ins Freie. Ach, war das schön! Die grüne Wiese – der geheimnisvolle Wald!
Es kam eine Sehnsucht über das kleine Schäflein, das doch noch nie in seinem jungen Leben einen Wald gesehen hatte. Plötzlich faßte es sich ein Herz, verließ den Stall und lief quer über die Wiese mitten hinein in den dunklen Wald.
Und wie es die Schafmama vorausgesagt, ist der böse Wolf gekommen und hat das arme kleine Schäflein gefressen.
»Siehst du«, sagt die Mutter zu dem kleinen Klaus. »So kann es gehen, wenn man der Mutter nicht folgt. Hätte das Schäflein auf die Mutter gehört, wäre es nicht in den Wald hineingelaufen, hätte der böse Wolf das arme kleine Schäflein nicht gefressen.«
Da schlägt der Kleine seine Augen auf, blickt die Mama treuherzig an und meint:
»Ach Mutti, weißt du, für das Schäfchen kommt es zuletzt auf dasselbe heraus, denn wäre der böse Wolf nicht gewesen, hätten die Menschen das Lämmlein gegessen.«

# Mein Name war Dux

Unsere Mutter war eine geborene von Dachswald und galt als attraktivste Schäferhündin in der ganzen Straße. Im Holzstall eines Kaffeehausbesitzers hatte sie uns gegen dessen Willen zur Welt gebracht. – Wir kamen also unerwünscht. Vater hatte nämlich keine Papiere. Deshalb ließ er sich auch nicht mehr sehen. Dennoch ließ uns Mutter ihren Fehltritt in keiner Weise entgelten. Im Gegenteil, sie behandelte uns mit einer Sorgfalt und Liebe, um die sie manche rassereine Stammbaumbesitzerin beneiden konnte. Jedem Zweibeinigen, der auch nur den geringsten Zweifel an unserer Herkunft äußerte, zeigte sie knurrend und unmißverständlich die Zähne.
Wir waren fünf Welpen: drei Buben und zwei Mädchen. Es mag sein, daß dem Kaffeehausbesitzer dieser Familienzuwachs in solcher Höhe etwas zu reichlich erschienen war, deshalb kam er eines Nachts an unser Lager geschlichen, um uns zu dezimieren. Am anderen Morgen trug er den Arm in der Schlinge.

Das war vielleicht ein Spaß! Dabei durften wir doch nicht lachen. Mutter tat sogar schuldbewußt; zog die Rute ein, um verständlich zu machen, daß es ihr leid tue. Dennoch war sie mißtrauisch geworden. Jeden Morgen zählte sie ab, ob wir auch noch alle da waren. Also treu von ihr beschützt und bewacht, fraßen wir uns sorglos durch die Wochen. Eines Morgens, wir spielten gerade mit einem alten abgeknabberten Knochen, betrat unser Kaffeehausbesitzer den Stall. Ihm folgte auch ein Zweibeiniger, der etwas zögernd unter der Tür stehen blieb. Wahrscheinlich hatte man ihn zur Vorsicht geraten, falls Mutter eventuell auf ihn scharf werden könnte. Ich ließ den Knochen fallen und beäugte den Fremdling. Irgendwie schien er mir symphatisch, und ich dachte so bei mir: »Ich glaube, den könntest du nicht beißen.« Plötzlich lockte er mich zu sich heran. Ängstlich schielte ich nach Mutter, ob sie etwas dagegen habe. Sie schien aber einverstanden zu sein, und so trottete ich auf den Fremden zu. Er beugte sich nieder, griff in seine Tasche und gab mir ein Stückchen Zucker in die Schnauze. Oh, das schmeckte fein! Dann kraulte er mich am Hals, nahm mich hoch und sagte zu dem Kaffeehausbesitzer: »Ich glaube, den nehme ich. Es ist ein Rüde, und er soll Dux heißen.« – Die Herren waren sich rasch einig, denn ich kostete ja nichts. Dann brachte mich mein neuer Besitzer nach vorne in das Kaffeehauslokal. Dort setzte er mich unter einen Tisch, bestellte Kaffee und ein Stück Käsesahnetorte. Ich blieb brav sitzen und wartete auf die Dinge, die da kommen sollten. Sie kamen prompt. Zuerst der Kaffee, dann die Torte. Mein Herr griff nach einer Gabel, teilte damit die Torte, legte eine Hälfte auf einen kleinen Teller und stellte ihn mir unter den Tisch. Mir lief das Wasser in der Schnauze zusammen. Ich hatte noch nie Sahnetorte gefressen. – Nachdem ich den Teller leergeleckt hatte, machte ich vor Freude ein Wässerchen unter den Tisch. Da sagte man mir zum erstenmal, daß das ein »Pfui« sei. Mein Betreuer stand auf, nahm mich hoch und trug mich hinaus auf die Straße. Dann ging er mit mir zu einem viereckigen Kasten, schloß dessen Tür auf und sagte: »Dux, das ist unser Auto.« Er setzte mich auf ein schönes weiches Polster. »So«, meinte er, »nun geht's nach Hause.«

Vorne an der Straßenecke befand sich ein Gebäude mit großen breiten Fenstern. Mein Herr stieg aus und schärfte mir ein, hier auf ihn zu warten, er sei gleich wieder da. Ein paar halbwüchsige Zweibeinige trommelten im Vorbeigehen gegen mein Fenster. Da fing ich laut an zu bellen, so wie ich es von Mutter gelernt hatte. Das schien meinem Boß imponiert zu haben, denn er lobte mich sehr, als er zurückkam und überreichte mir ein Geschenk: eine wunderschöne

glänzende Kette. Er band sie mir um den Hals und befestigte dran einen schmalen Lederriemen. Und weiter ging die Fahrt in flottem Tempo. Vor Freude krabbelte ich auf seinen Schoß und zernagte dabei den Riemen, weil er so appetitlich roch.
Wir hielten vor einem großen, schönen Haus, wie ich noch keins gesehen hatte. Mein Herr stieg aus, packte mich und setzte mich auf den Boden. Dann rief er mit lauter Stimme: »Dux heißt er, – ruf ihn doch mal!« – Eine schöne Frau erschien am Eingang des Gartens und rief tatsächlich: »Dux, komm doch mal her zu mir!« Langsam tappte ich auf sie zu. Sie beugte sich zu mir, nahm mich auf ihre Arme und drückte mich ganz fest an sich. Dann leckten wir uns gegenseitig ab. Nachdem sie mich ins Haus getragen hatte, setzte sie mich auf einen großen bunten Teppich, der auf dem Fußboden lag, und kitzelte mich. Das war lustig. Ich legte mich auf den Rücken und tapste unbeholfen nach ihren weißen Händen. Als wir uns dann beide vergnügt am Boden wälzten, vergaß ich mich und ließ wieder einmal laufen. Da erfuhr ich zum zweitenmal, daß das »Pfui« sei. Sie packte mich sanft im Genick, trug mich über die Terrasse in den Garten und sagte: »Hier darfst du.« –
Inzwischen hatte der Herr das Auto in seinen Stall gebracht. Dann saß man gemütlich im Wohnzimmer zusammen. Das Abendfressen nahmen wir gemein-

sam ein. Frauchen hatte mir eine Schüssel aus der Küche gebracht, weil sie zusehen wollte, wie es mir schmeckt. Nachdem wir satt waren, drückte mein Herr auf den Knopf eines polierten Glaskastens, in dem auf einmal Menschen erschienen, die laut sprachen, – sie waren aber alle kleiner als die, die ich im Stall und auf der Straße gesehen hatte. Meine schöne Frau versuchte vergeblich, mir begreiflich zu machen, um was es hier gehe. »Paß auf Dux«, sagte sie, »jetzt kommt die Werbung.« Damit konnte ich leider nichts anfangen, und ich begann, mich zu langweilen. Ich hatte zuviel gefressen und kämpfte gegen den Schlaf an. Da erschien plötzlich in dem Kasten auf der Glasscheibe eine Katze. Ich flog durch's Zimmer und bellte das Gerät an, daß die Wände wackelten. Meine Beiden wollten sich totlachen. Anschließend gingen wir schlafen. Ich lag in der Mitte. »Weißt du«, meinte mein Herr, »damit er unsere Witterung annimmt; morgen bekommt er dann sein eigenes Schlafkörbchen.«

Während der Nacht mußte ich plötzlich raus. Das war mir peinlich. »Siehst du«, schrie mein Herr, »ich habe dir gleich gesagt, du sollst ihm nichts mehr zu fressen geben!« Dann schnappte er mich im Genick und raste mit mir im Schlafanzug die Treppe hinunter ins Freie. Sonst verlief die erste Nacht ohne besondere Vorkommnisse. Am anderen Morgen fuhr der Herr ins Büro, wie man mir sagte. So geschah das jeden Tag, und so kam es auch, daß ich mich immer mehr an Frauchen anschloß. Sie war für mich die Schönste, und daß sie nur zwei Beine hatte, dafür konnte sie ja schließlich nichts. Wenn sie in die Küche ging, tappte ich ihr nach, wenn sie in den Keller ging, lief ich hintendrein; überallhin durfte ich ihr folgen, – nur nicht auf's Klo.

Eines habe ich nie begriffen: Wenn man durch's Haus rief: »Alle zum Essen kommen! Auch Dux bekommt sein Fressen!« Essen und Fressen, worin liegt da eigentlich der Unterschied? Wir Tiere fressen und die Menschen essen ...

Als mein Herr seinen 50. Geburtstag feierte, waren Gäste eingeladen. In der Diele hatte man ein großes kaltes Büfett aufgebaut. Dann kamen 45 Personen, und ich muß sagen, die haben gegessen wie die Tiere.

Hinter unserem Garten befand sich ein größeres, unbebautes Grundstück, eine ungemähte, verwahrloste Wiese. Dort durfte ich immer springen. Meine Herrschaften hatten meistens einen Ball dabei, den sie sich gegenseitig zuwarfen. Meine Aufgabe war es, den Ball im Flug zu erhaschen und ihn einem der beiden vor die Füße zu legen. Dabei geriet ich derart außer Atem, daß ich alles andere um mich herum vergaß. Und so geschah es eines Tages, daß ich im Eifer die Katze, die gerade am Mausen war, zu spät entdeckt hatte. Bäume, auf die sie sich hätte retten können, waren keine vorhanden, nur eine einsame Telegrafenstange, die mitten im Gelände stand. Diese erreichte sie gerade noch und krallte sich hinauf. Wir mußten unser Spiel abbrechen, denn ich stand am Fuße des Mastes und bellte wild empor. Eine Nachbarin aus dem Nebenhaus, vermutlich die Katzenbesitzerin, kreischte vom Fenster aus bissig zu meinem Herrn herunter: »Wollen Sie nicht gefälligst Ihrem Hund pfeifen?« – Mein Herr, der durch seine Schlagfertigkeit bekannt war, konterte prompt zurück: »Pfeifen Sie doch Ihrer Katze!« – Und wieder war ein schöner Tag zu Ende gegangen. Mein Dasein gestaltete sich immer freundlicher, hatte ich doch eine Heimstätte gefunden, in der ich zur Hauptperson geworden war.

Schön war es auch, wenn an den Wochenenden mein Herr mich an die Leine nahm und mit mir durch die Gegend wanderte. Auf dem freien Feld durfte ich springen. Sobald wir aber in die Nähe eines Gehöftes kamen, auf dem sich Hühner bewegten, pfiff er mich zurück, da ich schon zwei auf dem Gewissen hatte. Übrigens, die Schadensfälle, die er für mich bezahlen mußte, hat er mir nie vorgehalten.

Unser Nachbar zur Linken konnte mich nicht leiden, aber das beruhte auf Gegenseitigkeit, und schließlich hatte ja auch er angefangen. Immer wenn meine Leute nicht zuhause waren, kam er an den Zaun heran und warf mir Sand in die Augen. Warte nur, dachte ich bei mir, wenn ich dich einmal im Freien erwische! Und tatsächlich: Eines Tages, ich kam wieder einmal vom Streunen zurück, lief er mir über den Weg. Ich stellte ihn sofort und verbellte ihn mit einer Lautstärke, daß sämtliche Nachbarn ihre Fenster aufrissen. – Wochen später tauchte ein Polizist bei uns auf und erklärte meinem Herrn, daß eine Anzeige gegen ihn vorliege: Der Hund bedeute eine Gefahr, er greife Menschen an und müsse aus dem Verkehr genommen werden. Meine Beiden schienen so etwas bereits geahnt zu haben und hatten mich vorsichtshalber auf die Terrasse verbannt, zumal sie wußten, daß ich gegen Uniformen allergisch war. Der Polizist fragte: »Wo ist denn der Hund?« – »Draußen auf der Terrasse«, sagte mein Herr. »Dann lassen Sie ihn bitte einmal herein!« Frauchen war blaß geworden, sie ging zur Tür und rief mich ins Zimmer. Ich folgte zögernd und blieb zunächst einmal neben dem Stuhl meines Herrn stehen. Dann lockte mich der Uniformierte und nannte meinen Namen. »Dux«, sprach er mich freundlich an, »komm mal her zu mir.« Mein Instinkt sagte mir, worauf es jetzt ankam. Ich ging auf den Beamten zu, baute ein Männchen und leckte ihm die Hand. Mit derselben Hand streichelte er liebkosend meinen

Kopf, machte eine Notiz in sein Büchlein, stand auf und sagte zu meinem Herrn: »Damit dürfte der Fall wohl erledigt sein.« Nachdem er unser Haus verlassen hatte, tanzten wir um den Tisch herum. Frauchen ging in die Küche und brachte mir eine Weißwurst, die ich im Zimmer auf dem Teppich verzehren durfte.

Dann passierte die Geschichte mit dem Motorradfahrer, den ich bei 70 km Geschwindigkeit aus dem Sattel gehoben hatte. Was war die Folge: Unser Polizist stand wieder vor dem Haus. Mein Herr bat ihn herein, und wieder lag eine Anzeige gegen mich vor. Dieses Mal verlief die Unterredung viel familiärer, man kannte sich ja schon. »Wie schnell läuft denn der Dux?« fragte der Beamte. »Seine 70 km schafft er spielend«, meinte Herrchen. »Ja,« sagte unser Freund, »dann ist die Sache ja klar. Der Motorradfahrer gibt an, mit 70 die Neckarstraße entlanggefahren zu sein, und da sich die Straße noch im Ortsbereich befindet, hat er die vorgeschriebene Geschwindigkeit überschritten. Sie können Gegenanzeige erstatten.« – Wir begleiteten unseren Freund und Helfer bis vor die Tür. Von dem Motorradfahrer haben wir nie wieder etwas gehört. – Übrigens hat sich später herausgestellt, daß der Polizist selbst ein Tierfreund war und einen Schäferhund besaß.

Meine Herrschaft führte ein großzügiges Haus, in

dem sich die Gäste die Tür in die Hand gaben. An warmen Sommerabenden war es am tollsten, da lockte sie der durch hohe Hecken abgeschirmte, gepflegte Garten herbei, auch die gemütliche Terrasse mit dem Grillgerät, dessen Düfte einem das Wasser im Mund zusammenlaufen ließen. Um diese Zeit war alle Tage Gloria. Meine Beiden kamen kaum mehr zum Sitzen; Frauchen stand schwitzend am Grill, während der Hausherr ständig mit dem Korkenzieher beschäftigt war. In solchen Stunden glich unser Anwesen einer gutflorierenden Gartenwirtschaft. Bei Einbruch der Dunkelheit wurden Lampions angezündet, und durch die offene Terrassentür erklang gedämpfte Radio-Musik. – Das waren für mich die langweiligsten Stunden des Tages; aber man hatte mir eingeschärft, daß Gäste für mich »tabu« seien. Erst nachdem die Letzten – oft spät nach Mitternacht – das Haus verlassen hatten, gehörte ich wieder zur Familie. Daher mag es verständlich sein, daß mir solche Dauerpartys nicht besonders behagten. Doch sie hatten sich in der Stadt herumgesprochen und manchmal gesellten sich Leute dazu, die wir gar nicht kannten. Jeder von meinen Beiden glaubte, der andere habe sie eingeladen. Zu dieser Sorte unangenehmer, aufdringlicher Besucher gehörten zum Beispiel drei Ehepaare, die konsequent an irgend einem Abend unangemeldet aufkreuzten, an dem wir einmal unter uns sein wollten. Dazu kam, daß sich unter ihnen 2 Damen befanden, die sich vor dem Hund fürchteten. Also mußte ich jedesmal am Ende des Gartens unter dem großen Holunderbusch angebunden werden. Dabei ging diese Gesellschaft äußerst raffiniert vor: Man ahnte wohl, daß unsere Küche auf den unerwarteten Besuch nicht vorbereitet war, deshalb brachte man vom Fleischer regelmäßig eine Tüte mit genau abgezählten acht Würsten zum Grillen mit. Die Tüte wurde auf die Bank gelegt und irgend einer sagte zur Hausherrin: »Du bist doch so freundlich, Erika, und machst das für uns zurecht.« Eines Abends, als mir diese Besucherei besonders stank, fing ich in aller Ruhe an, unter dem Holunderbaum die Wäscheleine anzunagen, – nach kurzer Zeit war ich frei. Unter dem Schutz der Gartenhecke schlich ich zur Terrassenbank, schnappte mir die Tüte und kehrte seelenruhig an meinen Platz zurück. Mit grossem Behagen ließ ich mir die acht Würste schmecken. Nachdem die Herrin die Holzkohlen am Grill zum Glühen gebracht hatte, rief sie nach den Würsten. Sie waren verschwunden! Alle rätselten hin und her. Einer meinte, er habe sie hierher auf die Bank gelegt; aber da waren sie nicht zu finden. »Vielleicht ist die Tüte noch draußen im Wagen«, rief eine aufgeregte Stimme. Als ich gerade bei der siebenten Wurst war, kamen die aufgeregten Gäste ohne Ergebnis wieder ins Haus und beschuldigten sich gegenseitig mit Vorwürfen. Die Stimmung war verdorben, und der Abend nahm ein vorzeitiges Ende.

Frauchen kam zu mir an den Holunderbaum, um mich loszubinden – und hatte nur eine zerbissene Wäscheleine in der Hand. Als sie dann noch die leere Plastiktüte am Boden liegen sah, ging ein verständiges Schmunzeln über ihr Gesicht. Übrigens, dem Boß gegenüber hat sie davon nie ein Wort erwähnt.

An einem gemütlichen Herbstabend machte ich noch einmal meinen üblichen Kontrollgang durch den Garten. Da trug mir der Wind einen Duft in die Nase, der mich jegliches Pflichtgefühl vergessen ließ. Es lag Sex in der Luft. Mit einem Anlauf übersprang ich das Gartentor und folgte der Spur. Sie brachte mich zu einem alleinstehenden Bauerngehöft am Rande der Stadt. Da sah ich SIE am Zaun entlangstreunen. Eine reife, bildschöne Hundeblüte. – Die oder keine! dachte ich mir. Mit verlangendem, liebevollen Knurren versuchte ich, sie an mich zu locken. Und sie kam und erwies mir mit ihrer aufreizenden Rute ihre Sympathie. Wir beleckten uns durch den Maschendraht, der um das Gehöft gezogen war – und dann begann ich zu buddeln. Da kam der Bauer. Brutal nahm er meine Freundin am Halsband und zog sie ins Haus. – Ich lag die ganze Nacht im Freien.

Am anderen Morgen kam die Schöne heraus, aber

der Alte war dabei, und als er mich sah, warf er mir über den Zaun hinweg einen Stein ins Kreuz.
Ich brachte auch die zweite Nacht im Freien zu. Am Morgen kam sie in den Garten heraus; doch ich wagte es nicht, mich bemerkbar zu machen. In aller Stille fing ich wieder an, mir einen Durchschlupf zu buddeln, wurde aber immer wieder durch das plötzliche Erscheinen des Bauern gestört. Meine heiße Zuneigung zu der kleinen Hündin sollte mir zum Verhängnis werden. Der Hofbesitzer erspähte mich beim Graben, schraubte seinen Gartenschlauch an und spritzte mir den vollen Strahl über Kopf und Fell. Da mußte ich aufgeben. Es war kalt, und ich fror bis auf die Knochen. Der Hunger trieb mich heim; hatte ich doch zwei Tage nichts gefressen. Zu Hause schlich ich mich durch das offene Gartentor bis vor die Tür. Dort ließ ich mich auf den Fußabstreifer fallen und schlief vor Müdigkeit ein. Der Briefträger, der die Morgenpost in den Kasten warf, schreckte mich auf, und ich verbellte ihn, wie es immer meine Pflicht gewesen war. Da kam Frauchen heraus, sah mich und rief: »Dux, da bist du ja wieder!« Schuldbewußt winselnd ging ich zögernd auf sie zu. Sie schimpfte nicht, sondern nahm mich ins Haus, ging mit mir in die Waschküche und verpaßte mir ein warmes Bad. Das tat gut. Anschließend schrubbte sie mich gründlich ab und fönte mich trocken. Dann gab es ein herrli-

ches Fressen. Ich wartete immer noch auf die Schelte, die ich gewiß verdient gehabt hätte; statt dessen nahm sie mich ins Wohnzimmer, und ich durfte meinen Kopf in ihren Schoß legen. Dann ging sie ans Telefon und berichtete freudestrahlend dem Herrn, daß ich wieder da sei.
Am nächsten Tag bekam ich Schmerzen und meine Hinterläufe waren wie gelähmt. Trotzdem schleppte ich mich mühsam hinaus in den Garten, weil ich dringend ein Bächlein machen mußte. Doch es ging nicht. Mein Tierarzt, Dr. Dölker, zu dem ich ein besonders gutes Verhältnis hatte, wurde gerufen, und nachdem er mich gründlich abgetastet hatte, meinte er bedenklich: Typische Altherrenkrankheit. Daraufhin zog er mir das Wasser ab, und ich leckte ihm dankbar die Hand. Von da ab erschien er täglich, um mir zu helfen. Ohne Erfolg. Ich kam in die Tierklinik. Von der Operation selbst habe ich nichts gespürt, doch wurde ich immer weniger. Dazu kam das Heimweh, obwohl mich Frauchen jeden zweiten Tag besuchte. Mein Fell hatte allen Glanz verloren, und meine Schnauze war grau geworden. Eines Tages holten sie mich wieder heim in mein Haus mit dem schönen Garten und dem großen Holunderbusch, unter dem ich einmal acht Grillwürste mit großem Vergnügen verspeist hatte. Ich wollte noch einmal zu meinem Lieblingsplatz, – schaffte es aber nicht

mehr, ins Haus zurückzukehren. Frauchen trug mich in die Küche. Die Flurglocke läutete und ich versuchte vergeblich zu bellen. Dr. Dölker war gekommen. Er sprach mir, meinen Kopf streichelnd, gut zu; dann bekam ich die Spritze.

»Gebt ihm noch einmal alles, was er gerne mag, der liebe Dux«, sagte er, und Frauchen brachte mir eine ganze Schachtel Pralinen, die ich kaum mehr beachtete. Die Spritze begann zu wirken. Ich lag auf meiner warmen Decke, die auf dem Küchenboden für mich ausgebreitet war. Neben mir kniete die Herrin, die meinen Kopf in ihrem Schoß hielt. Dann spürte ich einen zweiten Einstich, und wie durch einen Schleier sah ich meinen Herrn am Tisch sitzen und weinen. Von da ab weiß ich nichts mehr.

Elf Jahre dauerte mein Aufenthalt auf dieser Erde, aber er genügte, um mich begreifen zu lassen, daß wir Tiere auch Gottes Geschöpfe sind. Ich war nur ein Hund mit allen tierischen Merkmalen und menschlichen Schwächen. Außer meinen Beiden wird niemand um mich trauern. Sollte sich dennoch eines Tages einer nach meiner Vergangenheit erkundigen, dann magst du ihm, lieber Leser, sagen: Sein Name war DUX.

# Die Autogrammstunde

Wir waren zu Dreharbeiten für die Fernsehproduktion »Deutschland deine Schwaben« in ein Provinzstädtchen gefahren, um in dem dortigen Schulhof einige Szenen mit Willy Reichert zu drehen. Die Kamera wurde in Stellung gebracht, Kabel wurden verlegt, während der Maskenbildner die Schauspieler schminkte.

Bedenklich blickte der Regisseur zum Himmel, an dem drohende Wolken aufgezogen waren.

»Kinder, beeilt Euch«, rief er über den Hof, »die Sonne geht weg.« – »Wir können«, gab der Aufnahmeleiter zurück. Jeder ging auf seinen Platz, die Darsteller nahmen ihre Positionen ein, die Kamera lief, der Ton fuhr ab; die Klappe wurde geschlagen und Reichert sprach seinen ersten Satz. Mitten hinein erschallte das anhaltende schrille Läuten der Pausenklingel im Schulhaus und eine Meute wildjohlender Schüler rannte aus dem Gebäude auf den Hof. Unsere Einstellung war im Eimer.

Für Reichert hatte man in die Ecke des Hofes ein Tischchen und einen Stuhl gestellt, wo er sich während der Drehpausen auf seinen nächsten Text konzentrieren konnte. Dazu blieb ihm aber in dieser Situation keine Gelegenheit, – denn einer der kleinen Burschen hatte den Willy Reichert sofort entdeckt und andere aufmerksam gemacht. Im Augenblick war er von der Bande umringt, und jeder wollte ein Autogramm haben. Bereitwillig griff er in die Brusttasche, holte ein paar Fotos heraus und fing an zu signieren. Allerdings war er an diesem Tag auf ein solches Stoßgeschäft nicht vorbereitet gewesen, und im Handumdrehen war der geringe Vorrat vergeben. Was tun? – Die Schlingel wußten Rat, rannten ins Schulhaus und kamen, jeder mit einem ausgerissenen Blatt aus dem Schulheft, wieder zurück. Reichert mußte unentwegt weiterschreiben.
Da kam noch ein kleiner Nachzügler auf den Hof geschlichen. Ein rothaariger Wuschelkopf, der mit zusammengekniffenen Lippen und aufgerissenen Augen das seltsame Geschehen verfolgte. Irgend etwas schien ihm nicht geheuer zu sein. Nur zögernd näherte er sich dem Tisch, an dem ein für ihn vollkommen fremder Mann saß, und blieb zunächst in respektvollem Abstand stehen. Unheilverheißende Gedanken schienen ihm durch das Köpfchen zu gehen. – Nachdem die Schlange vor dem Tisch immer

kleiner geworden war, zupfte er einen unserer daneben stehenden Kollegen schüchtern am Rockärmel und fragte mit ängstlicher Stimme: »Entschuldigen Sie, Herr. Was muß man denn da unterschreiben lassen?«

# Willy Reichert

»Veidt«, sagte er einmal zu mir, als wir nach getaner Arbeit bei einem Viertele gemütlich zusammensassen, »wir müssen nunmehr versuchen, unseren biologischen Zerfall möglichst lange hinauszuziehen.« Das verstand er in der Tat großartig, wenn er z.B. während der Drehpause zur Mittagszeit von der Villa Berg zu Fuß ins Mineralbad in Cannstatt ging, um zu saunen und zu schwimmen. Für einen 1896er war das schon eine beachtliche Leistung. Nach 1 1/2 Stunden stand er bereits wieder vor der Kamera. Heute noch hängt im Foyer des Bades ein Foto von ihm, unter das er geschrieben hat: »Der beste Weg zur Gesundheit ist der Fußweg ins Leuze.«
Größeren Gesellschaften wich er mit Vorliebe aus. Er schätzte vielmehr das Gespräch mit dem einzelnen Menschen, und solche Dialoge mit ihm waren für mich Sternstunden. – Was konnte man doch alles von ihm lernen. Seine Erfolge waren beispiellos, mit nur wenigen seines Faches zu vergleichen. Er war

nicht zu erreichen, man konnte ihm nur nacheifern. Und doch senkten sich in den Herzen einer zu Millionen zählenden Anhängerschar von heute auf morgen die Fahnen auf »Halbmast«. Man schrieb den 10. Dezember 1973. Willy Reichert, der König des schwäbischen Humors, hatte seine Augen für immer geschlossen.

In München steht ein Hofbräuhaus. In München auch die Frauentürme. Aber da stehen auch kleinere Dinge, die des Beachtens wert sind. Auf dem Viktualienmarkt z.B. kann man drei liebenswerte Statuetten sehen, die die Bayern mitten auf diesen Marktplatz zum Gedenken ihrer Volkslieblinge aufgestellt haben. Da sieht man die Liesl Karlstadt, den Karl Valentin und den unvergessenen Weiß Ferdl, zu dem ich ein persönliches Verhältnis hatte. Und es ist rührend zu beobachten, wie die Marktfrauen immer wieder frische Blumen am Sockel dieser kleinen Statuen niederlegen.

Sooft ich in München beruflich zu tun habe, versäume ich es nicht, über den Viktualien-Markt zu gehen und diesen drei Freunden meine Reverenz zu erweisen. Im stillen Gedenken verweile ich vor den unvergeßlichen Freunden, nehme meinen Hut ab und entbiete ihnen meinen Gruß in München.

Wenn ich durch Stuttgarts Straßen gehe und an Willy Reichert denke, kann ich den Hut aufbehalten.

# Leut, was sind dees no für Zeite gwä

Wo d' Spatze no uf dr Stroß ghockt send
Ond hausgmachte Roßbolle gvespert hent,
Wo d' weit ond breit no kei' Auto gseh',
Wo im Waldhornsaal, wann Kirbe gwä ischt
Dr Tante beim Francais 's Korsett platzt ischt,
Daß mr ihr ganze Hinterfront gseh' –
Leut, was sind dees no für Zeite gwä.

Wo's no kein Reißverschluß gebe hat,
Wo mr d' Knöpf no mit dr Hand a'gnäht hat,
Wo d' Luftfahrt langsam aufkomme ischt,
Wo dr Zeppelin zweimal ra'ghagelt ischt.
Wo d' Mischte no vor dr Haustür glä' –
Leut, was sind dees no für Zeite gwä.

Wo no kei' Sau hat e Hühnerfarm kennt,
Wo die Tierle no frei romglaufe send,
Net ei'pfercht in Käfig – vergittert, verglast,
Wo dr Gockel hot träpple dürfe, wie's em hat paßt.

Wo mr d' Bieberle no mit dr Glucksere gseh' –
Leut, was sind dees no für Zeite gwä.

Wo d' Mädle no lange Zöpf trage hent
Ond offene Hose, statt »Slips« ghet hent
Ond Abends no kei' Diskothek kennt hent,
Ond ohne Mo'fale heimgange send;
Nix gwißt von »make up« – ond waret doch schö' –
Leut, was sind dees no für Zeite gwä.

Wo d' Ahne no unsere Strümpf gstrickt hat,
Ond d' Spätzle no vom Brett gscherrt hat,
Wo's in dr Woch bloß oimol Fleisch gebe hat,
Wo's Karussellfahre no 5 Pfennig koscht hat,
Wo mr de Pfennig no in dr Hand omdreht
Ond's Land hat no en richtige König ghet,
Dem hat dr Bürger de Zehnte gä' –
Leut, was sind dees no für Zeite gwä!

# Laß se donschte – laß se donschte

Vor dr Hochzich, ja das weiß ich
aus Erfahrung ganz genau,
sind die Mädle brav und fleißig –
doch die ändret sich als Frau.
Drum, wenn du e Braut hast gfunde,
halt se fest recht viele Stunde;
denn sobald ihr erst getraut,
ist sie nicht mehr deine Braut.
Laß se donschte – laß se donschte!
Denn so guet kriegschts niemals mehr.
Will zum Standesamt sie wandre,
schiebs von einem Tag zum andre.
Laß se donschte – laß se donschte!
Läßt se schließlich dir kei' Rueh,
sag ihr: »Nimm dir halt en andre,
i bleib drauße und guck zue.«

Nachts um eins, wie niederträchtig,
kommt dr Scheufele nach Haus.

No so spät, dees ischt verdächtig,
denn um eins ischt älles aus.
»Scheißerle«, tuet er no sage,
»seit heut morge nix im Mage,
hascht e Veschperle für mi?«
Dere Frau, der rat dann i:
Laß en donschte – laß en donschte!
Wirds em schwach, dann sagst du ihm:
»Wo bischt du denn so lang gsesse?
Hättscht doch lieber dort was gesse!«
Laß en donschte – laß en donschte!
Sag: »Du hascht dei' Zeit verpaßt.
Jetzt holst du dir Kraft gefälligst,
dort, wo se verlore hast!«

Manchem Ehmann möcht i sage,
der Malheur hat mit dr Frau,
weil se schimpft an lange Tage
und bloß Krach macht und Radau:
Abends möcht se sich versöhne,
möcht de Abend dir verschöne,
schmeichelt dir so guet se kann. –
No bleib fest und sei ein Mann!
Laß se donschte – laß se donschte!
Sag ganz ei'fach: »Weib, gut Nacht!
Willscht mi gar no ebbes frage,
dees kannscht mir au morge sage.«

Laß se donschte – laß se donschte!
Wünsch ihr angenehme Rueh,
sag: »I schlof heut auf em Sofa« –
und no machscht dei' Türle zue.

Mancher, der sich recht viel a'gschafft,
der jetzt schwelgt im Wohlergehe'
und jetzt meldet sich d' Verwandtschaft,
die er sonst no niemols gsehe' –
Weisch, die denket bloß ans Erbe,
wartet, daß er bald möcht sterbe.
Dem empfehl i: Sei net blöd!
Krank därfscht werde, sterbe net.
Laß se donschte – laß se donschte!
Stehn se heulend an deim Bett,
sag: »I kann euch net verlasse,
euer Schmerz wär kaum zum fasse.«
Laß se donschte – laß se donschte!
Sag: »I bin no net so weit;
so in zirka zwanzig Jährle
mach i euch vielleicht die Freud.«

Manches Mädle möcht i warne:
»Nimm vor de Mannsleut di in Acht!
Älle möchtet di umgarne,
und wanns z'spät ischt – noh guet Nacht.
Schwört dir mancher au vermesse,

er möcht di vor Liebe fresse,
mach ihm halt de Kopf verdreht –
aber fresse laß die net!
Laß en donschte – laß en donschte!
Gib ihm bloß net 's ganze Stück,
gib em ab und zue e Küßle,
gib em bloß net 's letzschte Bißle –
Laß en donschte – laß en donschte!
Sag ihm: »Gheirat wird vom Fleck!«
Denn sonscht frißt der vorher älles
und wann er satt ischt, lauft r weg.

# Bärbel

Vier helle Glockenschläge zitterten in der taufrischen Mainacht, und wie auf Verabredung mischte sich in dieses Klingen vereinzelter Hahnenschrei ringsum von den Gehöften. Das Dorf lag noch in tiefem Schlaf. In den Gärtchen hinter den Häusern lag der Tau auf den jungen Blättern, Knospen und Blüten. Der Mond warf seinen matten Schein in die engen Straßen und Gassen des Fleckens und die Vögel begrüßten jubelnd den neuen Tag. Drüben beim Mosbacher schlug der junge Hengst dröhnend gegen die Stallmauer, beim Weinbauern knarrte das hintere Gartentor, und verstohlen huschten zwei Gestalten um die Ecke. Auch im Haus des Kronenwirts begann sich's zu regen. Die 15jährige Katrin öffnete leise das Fenster ihrer Kammer und stieg, vorsichtig sich umspähend, auf einer vom Hof aus angelegten Leiter ins Freie. Aus dem Haus des Strohmaiers kam das schrille Läuten einer Weckeruhr und immer häufiger wurde die Morgenstille unterbrochen durch gedämpftes Rufen und Pfeifen. Junges Volk, paarweise und in kleinen Gruppen, zog dem nahegelegenen Rotenackerwald zu. So wars früher schon der Brauch am 1. Mai: Vor Sonnenaufgang ging man hinaus und wusch Gesicht und Hände im Tau der Nacht. Denn dem ersten Maitau wohnte eine besondere Zauberkraft inne; er galt als Schönheitsmittel, an dessen Wirkung niemand zweifelte. Die besonders um ihre jungen Töchter besorgten Mütter waren gegen diese Maitouren, – das ist ja das Vorrecht der Eltern, den Kindern zu verbieten, was sie selbst einst nicht lassen konnten. Das junge Volk tat aber doch was ihm gefiel und machte sich in aller Frühe auf den Weg, den Wiesen am Waldrand zu; lachend, singend und johlend, nachdem sie das Dorf im Rücken hatten. Sie mußten sich sputen, denn um 10 Uhr begann der Gottesdienst.

Wie blitzende Diamanten hingen die Tautropfen an Halmen und Gräsern, und vom Wald her wehte ein leicht fröstelnder Wind. Die Mädchen hatten sich wollene Tücher um die Schultern geschlagen und gingen Arm in Arm, um sich gegenseitig zu wärmen. Die Burschen schnitten sich am Weg Haselnußstökke, pfiffen ein Liedchen und riefen den vorübergehenden Mädchen Neckereien zu.

Oskar hatte seine Gitarre umgehängt und klimperte ein Wanderlied. Reiner Michael ging schweigend ne-

ben ihm her. Er trug seine weiße Penälermütze in der Hand und schlug in Gedanken versunken mechanisch den Takt zu des Freundes Musik. Diese beiden Oberschüler nahmen unter ihren Altersgenossen eine Sonderstellung im Dorf ein, denn sie erhielten ihre Erziehung in der nächst gelegenen Kreisstadt, die sie täglich zum Unterricht mit der Kleinbahn erreichten. Dennoch bestand zwischen ihnen und der übrigen Dorfjugend ein freundschaftliches Verhältnis. Die Eltern der beiden Freunde waren angesehene Geschäftsleute in dem kleinen Dorf. Oskars Vater betrieb die gutgehende Bahnhofsgaststätte; Reiners Eltern besaßen in der Ortsmitte die einzige Gemischtwarenhandlung. Trotz ihrer höheren Schulbildung waren die beiden doch im innersten Kern Dorfkinder genug, um sich nach altem Brauch dem Gang in den Maitau anzuschließen. Auch die Eltern sahen es gern, wenn ihre jungen Burschen mit der übrigen Dorfjugend auf freundschaftlichem Fuß standen, – schon wegen der Kundschaft.
Reiner Michael hatte ein paar gute Kameraden gefunden, und Oskar war ihm ein lieber Freund geworden. Sein ruhiges Wesen und seine bescheidene Art, mit der er sein Wissen – wenn auch bei kleinen Meinungsverschiedenheiten – an den Mann brachte, verschaffte ihm bei seinen Freunden Achtung und Sympathie.

Reiner war siebzehn Jahre alt; nicht groß an Gestalt, aber aus seinen Gesichtszügen war schon eine eigenartige Mischung von Willenskraft und Selbstbewußtsein zu lesen, die durch das stets gleichbleibende Strahlen seiner blauen Augen gemildert wurde. Die auf seinem blonden Krauskopf schief überm linken Ohr sitzende Mütze gab ihm das Aussehen eines verwegenen Burschen, der er in Wirklichkeit gar nicht war. Im Gegenteil; er hätte es nie fertig gebracht, sich in den Vordergrund zu stellen. In seinem ganzen Wesen und Gebaren war er eher schüchtern und wenn's drauf ankam gehemmt. Das zeigte sich besonders in seinem Benehmen der hübschen, schwarzbraunen Bärbel gegenüber, die gerade, nur etliche Schritte entfernt, Arm in Arm mit ihrer Freundin in die Waldlichtung einbog, – nicht ohne einen geschwinden Blick aus ihren blanken Augen zu ihm herüber getan zu haben.

Ja, bei der Bärbel hatte er auch etwas versäumt! ... Im vergangenen Winter, als sie zusammen im »Kronen«-Saal den Tanzkurs besuchten. Er hatte gar nicht an ihm teilnehmen wollen, weil ihm damals der Kopf zum Bersten voll war mit Mathematik und Latein. Aber Oskar hatte immerzu auf ihn eingeredet und ihn einen Stubenhocker geheißen. Auch die Mutter ließ ihn deutlich merken, daß sie es gern sähe, wenn er sich nicht ausschließen würde, – schon wegen der Kundschaft. – Und so kam es, daß er eines Abends, obwohl der Kurs schon längst begonnen hatte, mit Oskar den kleinen Saal beim Kronenwirt betrat. Der Freund machte den schüchternen jungen Mann mit dem Tanzmeister bekannt, der ihn dann auch gleich bei der kleinen Gesellschaft als Neuling einführte. Und dann galt es für Reiner, die ersten Tanzschritte zu tun. Es waren verzweifelte Versuche, die noch dadurch erschwert wurden, daß auch die weiblichen Schülerinnen Terpsichores kaum über die Anfangsgründe hinausgekommen waren. Er machte sich Vorwürfe, überhaupt hergekommen zu sein und warf dem Freund strafende Blicke zu; bis der Tanzlehrer eine Damenwahl ankündigte. Reiner war froh darüber, denn nun drohte ihm keine Gefahr mehr. Die meisten Paare hatten sich während der vorhergegangenen Stunden bereits gefunden und so wußte schon jedes kleine Fräulein, wen es zu holen galt. Also mußte er ja übrig bleiben und das war ihm gerade recht. Doch es sollte anders kommen. Der Klavierspieler begann den Donauwalzer zu spielen. Reiner wollte sich zurückziehen, als plötzlich ein Mädchen auf ihn zukam und schüchtern vor ihm stehen blieb. Die schwarz-braunen Zöpfe hingen ihr über die Schultern, zwei dunkle Augen sahen ihn bittend an . . . Die Bärbel.

Reiner wußte nicht wie ihm geschah. Er wußte nur,

daß er keinen Walzer tanzen konnte, daß das Mädchen, das vor ihm stand, wunderschöne Augen hatte. – »Darf ich bitten?« fragte die Bärbel. – »Willst du es denn mit mir versuchen ... Ich bin doch heute erst gekommen?« – »Oh, es wird schon gehn, ich helf dir, Reiner.« Und dann tanzten sie, und es ging tatsächlich.

Als die Tanzstunde beendet war, half Reiner Bärbel in den Mantel, dann traten sie zusammen hinaus in die sternenklare Winternacht. Der Schnee auf der Straße war hart gefroren und knirschte unter den Schritten. An der Kreuzung, wo sich ihre Wege trennten, reichte Bärbel ihm die Hand. Er aber meinte: »Wenn es dir recht ist, komme ich noch ein Stückchen mit, der Abend ist schön und ich mag noch nicht schlafen gehen.« Ohne ihre Antwort abzuwarten blieb er an ihrer Seite. Bärbels Eltern wohnten in einem kleinen Häuschen ganz am Ende des Dorfes. Der Vater war ein einfacher Flickschuster. In einer Ecke der Wohnstube hatte er seine Werkstätte eingerichtet.

»Du mußt nun gehen«, sagte Bärbel, als sie angekommen waren. »Ich dank dir schön, daß du mitgekommen bist.« Dann gab sie ihm die Hand und sah ihn mit einem warmen Blick an. »Gute Nacht«, sagte sie leise. »Schlaf gut, Bärbel! ... Du, Bärbel, morgen Abend, wenn ich dich wieder heimbegleite ...

darf ich dich dann etwas fragen?« Sie antwortete nicht gleich; unter der Tür wandte sie sich aber um und sagte: »Ja, morgen Abend!«
Reiner stand noch eine Weile vor dem Haus des Flickschusters und sah das Licht in ihrer Kammer ausgehen. Er spürte sein Herz klopfen und war glücklich.

Die Zeit bis zum nächsten Abend dauerte Reiner viel zu lange. Lange vor Beginn der Tanzstunde fand er sich im Saal beim Kronenwirt ein. Nur zweimal konnte er mit der Bärbel tanzen; zu den anderen Tänzen holte sie der Reinhold Gerstner weg, der sie auch für die übrige Zeit nicht aus den Augen ließ. Am Schluß ließ sie sich von Reiner in den Mantel helfen und schweigend gingen sie im neugefallenen Schnee durch die Gassen. Reiner ärgerte sich über seine Schüchternheit. Was hatte er sich alles vorgenommen zu sagen! Und jetzt . . . ging er stumm neben ihr her. Er war richtig böse auf sich, – oder auf einen andern?
Als sie an der Straßenkreuzung vorbeikamen, hörten sie einige Burschen hinter ihnen her lachen. Sie drehten sich um und sahen einen von ihnen im Schatten der Häuser verschwinden. »War das nicht der Gerstner Reinhold?« fragte er. »Ja, ich glaub«, sagte Bärbel etwas verlegen. »Er hat mich heute abend ge-

fragt, ob ich mit ihm den Schlußball mache.« Reiner nagte erregt an der Unterlippe und schwieg. Bei ihrem Haus blieben sie stehen. »Reiner«, unterbrach Bärbel das Schweigen, »möchtest du nicht, eh wir uns Gutnacht sagen, den Grund deiner Verstimmung sagen? Oder darf ichs nicht wissen?« – »Doch, du sollst es wissen, denn dich geht es ja an«, sagte Reiner tief aufatmend. »Ich ärgere mich, weil mir der Gerstner heut abend zuvorgekommen ist. Nun kann ich dich nicht mehr fragen . . . jetzt ist es schon zu spät.« Da sah ihn Bärbel lächelnd und mit glücklich aufleuchtenden Augen an und fragte: »Und wenn ich dem Gerstner absagen würde, wäre es dann auch noch zu spät, Reiner?« Statt zu antworten schloß er sie in die Arme und küßte sie.

Erfüllt von Freude und Glück kehrte er an diesem Abend nach Hause zurück.

Frau Gertraude Michael, die zierlich-runde, lebhafte Frau in den besten Jahren, war äußerst tüchtig und energisch – die Seele des Geschäfts. Und was es auch innerhalb der privaten Wohnräume bei den Michaels an täglichen Unannehmlichkeiten geben mochte, keiner ihrer zahlreichen Kunden konnte behaupten, sie jemals mit mürrischem Gesicht hinter dem Ladentisch gesehen zu haben. Mit größter Liebenswürdigkeit schaltete und waltete sie inmitten ihrer Zucker-, Mehl-, Reis- und Gewürzkisten und ihre zur Schau getragene persönliche Anteilnahme an dem Privatleben ihrer Käufer hatte sich im Laufe der Jahre wohltuend für das Haus Michael entwickelt. Sie selbst verzichtete auf jede Spur einer eigenen Meinung; der Kunde hatte immer recht. Nie hörte man ein Wort der Klage über ihr eigenes Schicksal, sie hatte kein Privatleben, ihre Welt war der Laden. So konnte auch die resolute Frau Hauptlehrersgattin Weber schon im voraus versichert sein, daß sie ihr bekümmertes Herz, das sie eines Morgens zu Frau Michael in den Gemischtwarenladen trug, nicht vergebens ausschütten würde. Frau Gertraude war ganz Ohr, als die Lehrersgattin erzählte, ihr Töchterchen Friederike nehme auch am Tanzkurs teil, und da nun das Tanzkränzchen bevorstehe, sei sie als Mutter sehr in Sorge, wen ihr Riekchen wohl als Ballherren bekomme, Riekchen sei doch ein so stilles, liebenswertes Geschöpf und – das müsse doch Frau Michael zugeben – viel zu zart für die rauhen Manieren dieser Dorfburschen. Wie zurückhaltend das Kind sei, sehe man ja schon daran, daß die andern Mädchen – wie man sagen höre – sich ihre Partner für den Schlußball schon längst gesichert hätten. Man könne doch nicht zusehen, wie das liebe Riekchen am Ende sitzen bleibe; ihr auch nicht zumuten, mit dem erstenbesten, der gerade noch übrig war, vorliebzunehmen. Nein, das dürfe nicht geschehen, war auch Frau Gertraudens Meinung ... Und die Frage oder Bitte ahnend, die nun kommen werde, sagte sie: »Selbstverständlich gibt es für meinen Reiner keine bessere Wahl, als Ihr Riekchen! Es ist für ihn und uns eine große Ehre. Er wird sich heute Abend diese Gunst von Fräulein Riekchen erbitten, das verspreche ich Ihnen; dafür werde ich als Mutter schon sorgen.« – Am selben Abend entband Reiner wehen Herzens die Bärbel von ihrer ihm bereits gegebenen Zusage.

Der große Festabend, an dem auch die Eltern der Tanzschüler teilnahmen, gestaltete sich wie immer zu einem kleinen Ereignis für das Dorf. Der Saal und die Tische waren mit Blumen geschmückt, die Burschen im schwarzen Anzug, die Mädchen in ihren ersten langen Kleidern. Aus den Mädchen waren kleine Fräuleins geworden; Bärbel war die einzige, die noch ihre langen Zöpfe trug. Sie hatte Gerstner zum Ballherrn. Einmal durfte Reiner an diesem Abend auch Riekchen zum Tanz holen, fand aber nicht den Mut, sich mit ihr zu unterhalten. Es genügte ihm, sie im Arm zu halten. Als der Tanz vorüber war, ließ sie sich nicht von ihm an ihren Platz zurückbringen, sondern eilte hinaus ins Freie. Als sie wieder in den Saal zurückkam, sah er, daß sie geweint hatte.

Reiner ging schweigsam und bedrückt umher. Der Mai war gekommen, und an einem schönen Sonntagmorgen entschloß er sich zu einer einsamen Wanderung durch Wald und Flur. Er hatte einen Haselnußstecken geschnitten und bahnte sich durch das Gebüsch einen Weg in das Waldinnere. Die Sonne war höher gestiegen und drang mit goldnen Strahlenbündeln durch die Baumkronen. Die feinen Fäden der Spinnennetze glänzten wie zarte Perlenketten. Vögel huschten durchs Gezweig, Lockrufe tönten, ein Tauber rief irgendwo.
Reiner war auf einen Waldpfad gestoßen und schlug die Richtung nach der Teufelsbuche ein.
Plötzlich verhielt er den Schritt und horchte. Ein Reh stand vor ihm, stutzte und verschwand mit großen Sätzen im Dunkeln des Holzes. Ein Hase hoppelte über das Moos und Bienen summten. Die ganze Vogelschar jubilierte. Der Wald war erwacht. –
Reiner stapfte durch die nassen Gräser und Farne der Teufelsbuche zu. Er sehnte sich nach einem stillen, einsamen Winkel, wo er mit seinem wehen Herzen allein sein und seine brennende Stirn ins feuchte Moos drücken konnte. Doch als er dort ankam, sah er, daß er nicht allein war. Da saß die Bärbel auf einem Baumstumpf unter der Buche; in ihrem Schoß hatte sie blühende Maiglöckchen, die sie zu einem großen Strauß zusammenband. »Schau her«, rief sie,

»die herrlichen Blumen, wenn du magst, kannst du einen Strauß davon haben.« »Recht gern«, lachte er, »das schlage ich nicht ab, doch du sollst ihn mir mit Liebe binden.«

Er ließ sich an ihrer Seite nieder ins Moos und begann zu erzählen, und alle Hemmungen fielen ab von ihm. Alle Herzensqual, die sich im Laufe der vergangenen Wochen bei ihm aufgespeichert hatte, redete er sich von der Seele. Er sprach von der Tanzstunde, von der Mutter, die er nicht bloßstellen wollte, von der Friederike und von sicht selbst; wie schlecht er gewesen sei, daß er sich nicht offen zu ihr, Barbara, bekannt hatte. Und je mehr er sich selbst bei ihr anklagte, umso leichter wurde ihm ums Herz und umso feuchter wurden ihre Augen, bis sie sich beide umschlungen hielten und er ihr die Tränen der Glückseligkeit von den Wangen küßte ...

Das erste Glockenläuten mahnte sie zur Rückkehr. Es war Brauch, am Sonntagsgottesdienst teilzunehmen.

Mächtig brausten die Klänge der Orgel durch die kleine Dorfkirche; hinweg über die Häupter der andächtigen Gemeinde und wie ein Jubelruf der frommen Gläubigen, klangen die Worte:

»Jauchz, Erd und Himmel juble hell,
Die Wunder groß mit Freud erzähl;
Die Gott heut hat begangen.«

Reiner Michael konnte die richtige Andacht nicht finden. Seine Gedanken waren noch draußen im Wald unter der Teufelsbuche. Seine Seele schwebte in einem nie gekannten Glücksrausch und jeder Schlag seines jungen Herzens drückte Jubel und Freude aus. Mit einem heiligen Eifer war er nach dem Waldspaziergang in das Gotteshaus getreten. – Er wollte beten, er wollte Gott danken für die Gnade, die er ihm an diesem herrlichen Maimorgen unter der Teufelsbuche geschenkt hatte. Doch aus dem ernsten Gebet wurde ein Stammeln von zusammenhanglosen unausgesprochenen Worten, – denn auf der anderen Seite des Altars, in der zweiten Bank unter dem Bildnis der heiligen Maria mit dem Jesuskind, stand die Bärbel in ihrem einfachen schwarzen Kleid. Um ihren weißen Hals trug sie an einem silbernen Kettchen ein schlichtes Kreuz. Der gedämpfte Lichtschein, der durch die bunten Spitzbogenfenster in das Innere der Kirche drang, verlieh ihrem schönen, von der schwarzbraunen Haarkrone umrahmten Gesicht etwas Verklärtes. Der Pfarrer sprach den Segen. Noch einmal brauste die Orgel auf und ihre Akkorde drangen durch die sich öffnenden Ausgänge über den Pfarrgarten hinaus ins Freie. Die Kupferpfennige fielen klappernd in den Opferstock – langsam leerte sich die Kirche. Auf dem Vorplatz spielten die Kinder in ihren frischgewaschenen Kleidchen, die Hausfrauen beeilten sich in der Sorge um den Sonntagsbraten; die Mannsleute standen noch in kleinen Gruppen beisammen, stopften sich ihre Pfeife und verloren sich allmählich in den Straßen und Gassen. Reiner hatte auf Bärbel gewartet, und als sie aus der Kirche trat, gingen sie zusammen ein Stück des Wegs. Sie sprachen nicht viel miteinander; was sollten sie auch. Sie wußten nun, wie es um sie beide stand und das machte sie still und froh. Als sich ihre Wege trennten, steckte ihm die Bärbel noch ein kleines, in Seidenpapier eingewickeltes Päckchen zu. »Das nimmst mit, Reiner«, sagte sie; »wenn du nun auf die Universität gehst. Du trägst nicht schwer dran ... Es ist ein kleines Andenken an die Teufelsbuche.« Reiner verwahrte das Päckchen sorgsam in seiner Brusttasche. – Am nächsten Morgen fuhr er nach Tübingen.

Die Saxonen hatten zu einer Partie auf dem Neckar eingeladen und schon in den frühen Morgenstunden war man aufgebrochen. Mit Gesang und Gitarrenspiel zog die bunte Schar zum Tor hinaus und hatte bald die Mauern der alten Universitätsstadt im Rükken. Plötzlich hieß es: »Das Ganze halt!« Und einer der Herren machte den Vorschlag, man möge sich nun nicht mehr an die allgemeine Marschordnung halten, sondern die einzelnen Paare sollten sich selbst ihren Weg suchen; wer Lust hätte, könne durch den Wald wandern, der Landstraße entlang oder quer durch die blühenden Auen. Im nächsten Dorf wolle man sich wieder treffen, um dort gemeinsam einen Imbiß einzunehmen. Der Vorschlag fand Beifall. Die bunte Gesellschaft löste sich auf; lustig plaudernd und lachend schlug sich ein Pärchen nach dem anderen in die Büsche, denn jeder wollte die staubige Landstraße möglichst meiden. Bald wimmelte die ganze Gegend von bunten Mützen und duftigen Sommerkleidern. Das war ein fröhliches Rufen hin und her, ein Grüßen und Winken und Mützenschwenken, bis man sich langsam aus den Augen verlor. Die Sonne stand schon hoch am Himmel; die Wiesen strotzten im Saft und lockten mit tausend Farben, und die Lerchen schraubten sich jubelnd in den klarblauen Himmel. Reiner Michael hatte auf Wunsch seiner Partnerin den Waldweg gewählt und war gerade dabei, sich von einem Bauern die Richtung beschreiben zu lassen. Zum Dank schenkte er dem Mann eine Zigarre. Er war in übermütiger Laune; zum ersten Mal hatte er seinen Sommeranzug hervorgeholt und die Mütze saß im keck auf dem Ohr. Lenchen Binder, die Tochter seiner Pensionsmutter, ein niedliches und sehr aufgeschlossenes hübsches junges Mädchen mit goldblonden Locken und reizenden Grübchen, schritt ihm munter zur Seite. Sie tollte mit ihm durch das unwegsame Dickicht als gelte es eine Expedition durch den Urwald zu bestehen. Die beiden hatten sich vorgenommen, noch vor den anderen in dem Gasthof des vereinbarten Dorfes zu erscheinen. Nach einem kleinen Dauerlauf verfielen sie wieder in ein gemächliches Tempo und zogen es vor, den Rest des Weges im Wanderschritt zurückzulegen. Reiner plauderte frisch drauf los; er erzählte ihr von zuhause, von seinem Dorf und vom Wald, der viel größer und schöner sei, wo er jeden Baum und jeden Strauch und alle Rehwechsel und Fuchsbaue kenne. Oft habe ihn während der ersten Monate seiner Studentenzeit das Heimweh geplagt, – daß er am liebsten davongelaufen wäre. Lenchen ging neben ihm her und blitzte ihn schelmisch von der Seite an, wenn er einmal zu sehr ins Schwärmen kam. So verging die Zeit nur allzu rasch; immer tiefer kamen sie in den Wald hinein und noch war kein Dorf zu sehen. Da wandte sich Reiner an einen Waldarbeiter, der ihnen erklärte, sie seien längst an dem fraglichen Dorf vorbeigegangen. Beide lachten herzhaft, erkundigten sich nach der nächsten Waldschenke und hielten darauf zu. Sie hatten keine Lust hinter der übrigen Gesellschaft herzulaufen, auch fürchteten sie deren Spott und schadenfrohes Gelächter. Also brauchten sie sich auch nicht mehr zu beeilen.

Erst um die Mittagsstunde erreichten sie die kleine Waldschenke. Sie traten in eine niedere, holzgetäfelte Stube, deren Wände mit zahlreichen Geweihen und ausgestopften Vögeln behangen waren. Mit einem wahren Wolfshunger verzehrten sie das bürgerliche Mittagsmahl und anschließend bestellte Reiner noch eine Flasche Wein. »Zur Feier des Tages«, meinte er übermütig. Lenchen lachte ihn mit ihren blauen Augen zärtlich an und eine leichte Röte stieg ihr ins Gesicht. –
Die Wirtin brachte den Wein. »Worauf wollen wir trinken, Lenchen?« »Ich weiß es nicht, vielleicht auf die Zukunft.« – »Ach was«, rief Reiner »die ist mir zu ungewiß. Trinken wir auf die Gegenwart, auf den heutigen Tag, – auf unseren Tag!« Hell klangen die Gläser zusammen. Die Wirtin zog sich diskret zurück. – Der Wein war gut. Ein Glück, daß der Monat seinem Ende zuging und Reiner seine Barschaft zusammenhalten mußte; er hätte sonst noch eine Flasche bestellt. Sie hatte schon ganz rote Backen bekommen, plapperte viel und bekam Feuer in die Augen. Reiner zahlte und sie machten sich auf den Heimweg. Die zwei Stunden Rast hatten sie wieder frisch gemacht und der Wein sein übriges getan. Sich haschend und neckend liefen sie über den weichen Moosteppich, jagten einander über die kleinen Gräben und Bächlein; stolperten, hielten sich, rissen sich

wieder los, bis sich das Lenchen atemlos erschöpft an einen Baum lehnte, Reiner sie samt dem Baum umfing und auf den heißen Mund küßte.
Als sie zur frühen Abendstunde in der kleinen Pension angekommen waren, öffnete ihnen Frau Binder die Tür und flüsterte dem Studiosus geheimnisvoll ins Ohr, daß Besuch da sei. Reiner stürmte, ohne sich lange von Lenchen zu verabschieden, in sein Zimmer. In dem gemütlichen Stübchen duftete es nach frischem Flieder, ein Riesenstrauß stand in der Vase auf dem Tisch; daneben Wein, Kuchen, Schinken, Zigaretten und frische Wäsche. Auf dem roten Plüschsofa saß die Mutter Gertraude. Freudig schloß er sie in die Arme, küßte sie auf Stirn und Wangen, warf die Mütze in die Ecke und zog seinen Rock aus. Dabei entfiel seiner Brusttasche ein kleines in Seidenpapier eingewickeltes Päckchen. – Wie lange hatte er diesen Rock nicht mehr getragen! – Neugierig löste er das Papier und entnahm ihm ein Sträußchen gepreßter Maiblumen. – Bärbels Andenken an die Stunde unter der Teufelsbuche. Die Mutter sah ihm lächelnd zu, dann fing sie an zu erzählen: vom Vater, vom Ladengeschäft, von allen Bekannten und Freunden. Reiner aber hörte nur halb zu. Er dachte an das kleine Sträußchen, das er damals zu sich gesteckt hatte und das ihm gerade heute zum ersten Mal wieder in die Hände fiel. Er dachte an den dum-

men Kuß von heute nachmittag und dachte an die Bärbel, an die er nun schon so lange nicht mehr geschrieben hatte. Er wollte das wieder gut machen. Diese Geschichte mit dem Lenchen mußte vergessen sein; er wußte selbst nicht, was da heute über ihn gekommen war. . . Aber der Wein und der Frühling, und man war ja so jung! Die Bärbel würde ihm diese kleine Dummheit schon verzeihen. Heute noch wollte er ihr alles schreiben und den Brief der Mutter morgen mitgeben. Wie gut, daß sie gekommen war! Er setzte sich zu ihr auf das Sofa, streichelte ihre Hände und fing ganz beiläufig an, sie nach der Bärbel zu fragen. »Oh!«, sagte sie, »das hätt' ich ja bald vergessen! Ich dachte auch, der Oskar hätt's dir schon geschrieben; die Bärbel heiratet.«

Reiner sprang auf: »Was sagst Du da, Mutter? Ist das auch wahr?« – »Ja, den Gerstner. Sie sind schon aufgeboten; der war ja immer schon hinter ihr her und paßt auch besser zu ihr. Bin froh, daß es so gekommen ist; hab auch gewußt, daß du einmal gescheit werdest. Die Bärbel hat den nötigen Schritt getan, – und ich hoff, du wirst nicht unvernünftig sein, Bub.« »Ja, Mutter«. Das war alles, was Reiner darauf zu sagen vermochte. Dann nahm er das kleine Sträußchen, wickelte es in das Seidenpapier und verschloß das Päckchen in seinem Schreibtisch. Am anderen Morgen brachte er die Mutter zur Bahn.

Jahre waren vergangen. Oskar saß als wohlbeleibter Familienvater auf dem elterlichen Gasthof zum Bahnhof, dem er den Titel »Restaurant« verliehen hatte. Reiners Vater betrieb noch immer seine Spezereiwarenhandlung. Die Mutter war vor zwei Jahren an einer Lungenentzündung gestorben. Dreimal hatte sie gegen den Willen des Arztes mit hohem Fieber das Bett verlassen, bis sie buchstäblich hinter ihrem Ladentisch zusammenbrach. Die betriebsame und geschäftstüchtige Frau hinterließ den Ihren eine geordnete Wirtschaft und die Sorge um das Wohl ihrer Familie war ihr letzter Gedanke. Reiner war Mediziner geworden und hatte einstweilen in einer Tübinger Klinik eine Anstellung gefunden. Die Summe lag jedoch schon bereit, die ihm den Kauf einer Praxis ermöglichen sollte. So hatte Mutter Gertraude wirklich an alles gedacht. Ja, sie war in ihren Bemühungen um das Wohl ihres einzigen Jungen einst sogar so weit gegangen, daß sie ohne dessen Wissen sein persönliches Schicksal in die Hand nahm. Als sie von der geschwätzigen Postbotin gehört hatte, daß oft Briefe zwischen Bärbel und dem Herrn Studenten Reiner hin- und hergingen, war sie eines Abends ins Haus des Flickschusters gegangen und hatte mit dem Mädchen ein ernstes Wort gesprochen.

Nach ihrem Besuch in Tübingen gab Reiner – er

hätte nicht Mutters Liebling sein müssen – den Briefwechsel auf, verbrachte die Semesterferien zum größten Teil bei einem Onkel in Rotfelden und ließ sich nur selten im Dorf sehen. Dann war der Schuster gestorben und Bärbel hatte Reinhold Gerstner, der nicht von ihr ließ, geheiratet, der bald zu trinken anfing, Schulden machte, einbrach und schließlich ins Zuchthaus kam. Und die untröstliche Frau saß nun da mit dem fünfjährigen Kind.

Der Herbst war ins Land gegangen. Die kleine Bimmelbahn dampfte mit viel Gepolter durch die Landschaft. Die Bäume hatten ihr rotbraunes Kleid angezogen. Die Felder waren kahl und auf den Wiesen lag ein grauer Schleier. In dem Abteil zweiter Klasse saß der junge Arzt Dr. Reiner Michael und sah teilnahmslos hinaus in die sterbende Natur. Seine Augen waren müde und sein übernächtig blasses Gesicht zeigte ein paar tiefe Falten. Gestern Abend hatte er den Brief von Oskar erhalten. Der treue Kerl hatte ihm geschrieben: »Wenn Du die Bärbel noch einmal sehen willst, dann komm! Ich schreibe dies dem Freund – als Arzt kommst Du zu spät.« – Dr. Reiner Michael steckte den Brief in die Tasche und stützte den Kopf in beide Hände. Warum hatte Oskar nicht früher geschrieben? Warum hatte Bärbel ihm nicht geschrieben, daß sie krank war? Warum hatte sie den Gerstner geheiratet? . . . Warum?

Zwei Stunden später stand er mit Oskar an ihrem Bett. In der kleinen Schusterstube war es dunkel. Die Fensterläden waren geschlossen. Nur auf dem Nachttisch brannten zwei Kerzen. Auf der Ofenbank saß ein kleines Mädchen und weinte. Die Schwarzwälderuhr war stehen geblieben. Reiner stand stumm vor dem Bett und blickte in das blasse Antlitz der Toten. Reiner griff aus seiner Tasche ein kleines in vergilbtes Seidenpapier eingewickeltes Päckchen, entnahm ihm das Sträußchen gepreßter Maiblumen und legte ihr die welken Blüten in die blassen Hände. – Hinter ihm schloß sich leise die Tür, die Kerzen flakkerten, Oskar war still hinausgegangen und hatte das Kind mitgenommen.
Reiner war allein mit der Toten. Er sah sich in der kleinen sauberen Stube um. – Hier hatte sie gelebt und gelitten. Auf dem Nachttisch zwischen den brennenden Kerzen stand sein Bild, dabei lag ein Brief, von zitternder Hand geschrieben. Er hielt ihn gegen das Licht und las: »Verzeih Deiner Mutter, wie auch ich ihr verziehen habe. Deine Bärbel.«
Schluchzend warf er sich neben der Toten auf das Bett und rief sie beim Namen, – als könnte er sie zurückrufen ins Leben. Er bat sie, ihm um seiner lieben Mutter willen zu verzeihen und drückte seine Stirn in ihre Haare. – Zwei Tage später trug man sie hinaus auf den Friedhof bei der Kirche.

Dann fuhr Reiner Michael zurück nach Tübingen. Teilnahmslos blickte er hinaus ins herbstliche Land. Ihm gegenüber saß ein kleines dunkellockiges Mädchen. Immer wieder wandte es den Blick vom Fenster und schaute den Mann an, der ihr traurig gegenübersaß.
Der Schaffner kam vom Nebenabteil herein und trat grüßend zu ihnen. »Nun mußt du dem Onkel Schaffner deine Fahrkarte zeigen, Bärbel!« sagte Reiner. Das Mädchen öffnete den Geldbeutel, sah mit treuherzigem Blick zu dem Mann auf und streckte ihm die Karte hin. Der hatte seine Freude an der Kleinen und fragte, wohin sie denn fahren wolle. »Zu meiner lieben Mutter«, antwortete sie, »wenn's geht.« – »Soso, zur Mutter? Da mußt du mir aber zuerst verraten, wo deine Mutter wohnt.« – »Im Himmel, beim lieben Gott!«
Der alte Schaffner wechselte einen stummen Blick mit Reiner, strich der Kleinen übers Haar und ging weiter.
Draußen glitten entblätterte Bäume, umgepflügte Äcker und kahle Wiesen vorüber. Die Berge lagen hinter einem Nebelschleier verborgen. – Das Mädchen war eingeschlafen.
Daheim fiel auf einen kleinen Hügel der erste Schnee.

# Das gestohlene Leben

Unten im Dorf schlug die Glocke fünfmal und ein leichter Morgenwind trug ihren Klang herauf auf die staubige Landstraße, die noch verlassen in die stille Landschaft gebettet lag. In einer hohen Schicht, von breiten Furchen durchzogen, lag der weiße, mehlige Sand gleich einer dichten Schneedecke über dem Weg. Durch die Feuchte der Nacht hatte sich auf der Oberfläche eine zarte Kruste gebildet, die bei der leisesten Berührung einzubrechen drohte. Quer über die Straße hinweg verliefen einige Fußspuren des Wildes, das während der Nacht oder beim Morgengrauen, von der rechts am Wege gelegenen Waldung nach dem unteren Tann gewechselt hatte. Ein herber, würziger Fichtengeruch wehte vom Wald herüber und vermischte sich mit dem Duft frischgemähter Wiesen. Hinter den mattblauen Bergen stieg die Sonne im Osten empor und kein Wölkchen war an dem klarblauen Himmel zu entdecken. Die Vogelwelt stimmte zaghaft ihre Instrumente für das Mor-

genkonzert und ein lichter Nebelschleier, der sich am Rand des Waldes gelagert hatte, löste sich von der Erde und verhauchte in den warmen Strahlen des Sommermorgens.
Beim letzten Glockenschlag trat, sich vorsichtig nach allen Seiten umschauend, ein Mann aus dem Fichtenwald auf den Wiesenpfad heraus und, nachdem er sich überzeugt hatte, daß die Landstraße noch still und unbelebt war, schritt er eilends in entgegengesetzter Richtung des Dorfes. Er war ein Mann in den mittleren Jahren. Einer von denen, die jahraus jahrein über die Landstraßen pilgern,ein Handwerksbursche, ein Landstreicher. Sein Schuhwerk war schlecht und seine verflickte Hose hing ihm wie ein zerfetztes Segel um die mageren Beine. Anstelle des Hemdes trug er einen grauen Pullover und über seinen hageren Schultern hing ein verwaschener Leinenrock, der einmal weiß gewesen sein mochte. Die alte, feldgraue Militärmütze trug er schief auf dem Kopf und in der Hand hielt er einen dicken selbstgeschnittenen Stock, den er bei jedem Schritt in die Staubdecke stieß. Das markante Gesicht mit der leichtgebogenen Hakennase schien auffallend blaß und in den graubraunen Augen lag ein unruhiges Flackern. Hundert Meter mochte er so gegangen sein, als er plötzlich stehen blieb und sich scheu umblickte, so, als ob er sich nochmals davon überzeugen wollte, daß ihm

niemand folge. Aber die Straße war noch leer, so weit seine Blicke reichten. Offenbar beruhigt blieb er eine Weile stehen und sog die frische Morgenluft ein. Die Tauperlen an den Gräsern funkelten und blitzten. Ein Käfer huschte über den Weg aus der Wiese zum Kornfeld hinüber. Stille ringsum. Wie schön und friedlich doch die Erde sein konnte, dachte er, auf seinen Wanderstecken gestützt, – so wie am ersten Schöpfungstag, ehe der Mensch geschaffen wurde. Und was hatte er daraus gemacht! . . . Aus dieser Erde, über die noch vor wenigen Wochen stählerne Panzerungetüme rollten, die vor einschlagenden Bomben und Granaten erbebte.
Es trieb ihn wieder fort, den Gehetzten, auf seinem Weg ins Ungewisse. An der nächsten Kreuzung blieb er stehen und las an dem dort angebrachten Wegzeiger den Namen einer Ortschaft: Bergdorf 14 km. – Nach Bergdorf mußte er; das war das Ziel – dort sollte sich alles für ihn entscheiden. Gute zwei Stunden würde er bis dahin brauchen, dann konnte vielleicht noch einmal alles gut werden. Vielleicht vermochte er dieses verpfuschte Leben wieder in geregelte Bahnen zu lenken . . . An ihm sollte es gewiß nicht liegen; er hatte das Seinige getan. Weiß Gott!
Schwer aufatmend nahm er die Mütze vom Kopf und fuhr sich mit seinen schmutzigen Fingern durchs Haar das schon von einigen grauen Fäden durchzogen war.

Dann griff er in seine Rocktasche und zog eine alte, verschwitzte Briefmappe hervor, der er mit zitternden Fingern ein vergilbtes Schriftstück entnahm. Immer wieder las er halblaut die Worte, als ob er sie auswendig lernen wollte: Berthold Auracher, geboren am 5. März 1902.
So versunken war er in sein Tun, daß er den Radfahrer, der die Straße entlang kam, erst bemerkte, als er bereits an ihm vorbei war. Nachträglich schreckte er noch zusammen und ließ das Papier hastig in seiner Tasche verschwinden. Es war schon eine Aufgabe, die er sich da gestellt hatte! Nur zögernd setzte er seinen Weg fort. Den Weg ins Ungewisse, der ihn entweder in ein neues Licht des Tages oder aber ins ewige Dunkel führen mußte. Also ein richtiges Himmelfahrtskommando, wie sie draußen im Feld so schön zu sagen pflegten. Er hatte alles auf eine Karte gesetzt und es gab für ihn nur zwei Möglichkeiten: Ein neues Leben, ganz von vorne, oder blieb alles wie es war. Und das war sinnlos. Doch, was nutzten die dummen Gedanken, es war ja alles egal, und selbst wenn er gewollt hätte, es gab jetzt kein Zurück mehr. Es mußte dabei bleiben. Er hieß nunmehr Berthold Auracher, mußte so heißen, denn er besaß ja die Papiere, – seit heute nacht. Heinrich war tot. Heinrich Zach, seinen eigenen Namen, den er vierzig Jahre lang getragen hatte, besaß nun der andere, – der Tote.

Berthold Auracher aber war am Leben. Er mußte leben, schon wegen der Erbschaft, die er gemacht hatte - und die es nun anzutreten und zu verwalten galt. Ihn schauderte, wenn er daran dachte, wie das alles so schnell gekommen war. Gestern war er noch ein ehrlicher Mensch. Und dann plötzlich war es über ihn gekommen: ohne große Überlegung und langes Besinnen stand der Entschluß fest und mit unerbittlicher Härte folgte die Tat. Wenn man es richtig bedachte, hatte er sich selbst umgebracht und den Namen des anderen buchstäblich gestohlen. Mit solchen Gedanken ließ er sich am Straßenrand auf einem Baumstumpf nieder, um die letzten Tabakkrümel aus seiner Tasche zu klauben und in die Pfeife zu stopfen. Sein Magen war leer und draußen im Krieg hatte man gelernt, einfach zu rauchen, wenn einmal kein Nachschub mehr nach vorne kam.

So manches hatten sie einem da draußen beigebracht, was man heute ganz gut verwerten konnte. Auch das Töten. Das Schießen auf Menschen, die man nicht kannte, die einem auch nichts getan hatten War das nicht auch Mord? Er hatte es jedenfalls immer dafür angesehen und seine Hände waren ihm oft schwer geworden. Aber der Krieg dauerte ja lange genug und im Lauf der Jahre hatte man sich dann daran gewöhnt. Man dachte sich schließlich gar nichts mehr dabei und schoß, weil es Pflicht war. Und nun sollte dies auf einmal nicht mehr gelten? Jetzt sollte man wieder bedenken, daß Töten ein Verbrechen ist und was *er* tat im bürgerlichen Gesetzbuch »vorsätzlicher Mord« genannt wird. Und doch war heut nacht alles so leicht gegangen. Eigentlich ganz von selbst.

Sein Denken war dabei vollständig ausgeschaltet, als er wieder zu sich kam, war alles geschehen. Er hatte einen Menschen getötet, dessen Namen er erst erfuhr, nachdem der andere schon tot war und er, Heinrich Zach, dessen Brieftasche an sich genommen und sie mit der seinigen vertauscht hatte. Dieser Berthold Auracher aber, geboren am 5. März 1902, war ein Verbrecher, ein ruheloser Vagabund, ein haltloser, brutaler Charakter - das wußte er, er war lange genug mit ihm zusammen. Ein Windhund, der mit dem ihm zugefallenen Erbe nichts, aber gar nichts, hätte anfangen können. Der es sich schon ausgemalt hatte, das ererbte Gut zu verschleudern, um den Erlös in die Wirtshäuser zu tragen und der dann diese Welt solange nicht mehr nüchtern gesehen hätte, bis auch der letzte Pfennig durch seine Kehle geflossen war.
Zach mußte unwillkürlich an sein eigenes Schicksal denken, an seine immer wieder gescheiterten Versuche, ein menschenwürdiges Dasein zu führen. Er war immer ein Stiefkind des Glücks, ein Zaungast auf Er-

den. Wenn das Leben seine reichen Gaben verteilte, stand er mit hungrigen Augen daneben. Den Vater hatte er nicht gekannt; die Mutter putzte in fremden Häusern, so daß er selbst schon frühzeitig Geld verdienen mußte und keinen Beruf erlernen konnte. Seit der Mutter Tod war er heimatlos. Jahraus, jahrein ging er in die Fabrik, stand acht Stunden an der großen Maschine, die Rechte am Hebel, den er jede sechste Minute nach unten zu drücken hatte. Jede sechste Minute, jeden Tag, jede Woche, jeden Monat, all die langen Jahre. Dann kam er vom Krieg zurück. An seinem Platz stand ein anderer, der jünger war als er. Enttäuschungen und Nackenschläge brachten ihn auf die Landstraße. Er wanderte von Dorf zu Dorf, arbeitete bei den Bauern, bis die Arbeit getan war und man ihn wieder wegschickte, – weiter, weiter, ins Ungewisse, ins Nichts.
Immer wieder versuchte er es bei den Bauern, denn er wollte nicht mehr in die Fabrik. Er liebte die Erde, den fruchtbaren Boden und das Wunder des Reifens in der Natur, der er so gerne seine Kraft schenken möchte. Wenn er doch auch ein Stückchen Land hätte, um darauf bauen zu können. Bauer sein! Sein eigener Herr und König.
Und da traf er vor zwei Tagen auf diesen Vagabunden, diesen Auracher, den Trunkenbold, den eine Polizeistreife gestellt hatte; nicht um ihn zu verhaften

sondern um ihm mitzuteilen, daß er glücklicher Erbe eines kleinen Bauerngutes geworden sei. Als Verschollener und einziger Überlebender einer ausgestorbenen Sippe.

Da hatte Heinrich seinen Herrgott nicht mehr verstanden. Zwei Tage lang hatte er auf diesen Lumpen eingeredet; zwei volle Tage vergeblich versucht, ihn von seiner Verpflichtung dem Erbe gegenüber zu überzeugen. Er beschwor ihn, das Stückchen Land, diese ihm vom Schicksal gnädig geschenkte neue Heimat dankbar anzunehmen, sie mit fleißigen Händen zu bebauen und wieder ein Mensch zu werden. Er selbst wolle ihm dabei helfen. Er wolle für ihn und für dieses neue Land arbeiten, Tag und Nacht; wenn es not täte, ohne Lohn, nur für das Essen und Gewand. Aber der Säufer hatte keine Ohren und kein Verständnis für den Begriff »Arbeit«. Für ihn war es zu spät. - Sein Plan stand fest: Verkaufen - und versaufen. Und so reifte in dem bisher unbescholtenen Heinrich Zach ein teuflischer Plan. . .

Der Wanderer war mit seinen Gedanken zu Ende gekommen. Er klopfte die Asche aus seiner Pfeife, ergriff den Stock und marschierte gen Bergdorf. -

Der Bürgermeister von Bergdorf war ein einfacher, gewissenhafter Diener seiner Gemeinde. Er hatte sich breitspurig in dem alten Ledersessel vor seinem

Schreibtisch in der kleinen Amtsstube niedergelassen und nachdem er sich die Papiere des ihm gegenübersitzenden Mannes lange genug besehen hatte, nahm er umständlich seine Brille ab und sagte: »Ja, das wäre dann alles in Ordnung. Ich werde Euch den Hof zeigen. Es hat sich dort nichts verändert, seit Euer Vetter tot ist. Der Karl hat die Wirtschaft in seinem Sinne weitergeführt, so daß Ihr einen geordneten Haushalt vorfindet. Was Ihr sonst für Pläne habt, weiß ich nicht. Wenn Ihr ihn verkaufen wollt, Liebhaber wären schon da.« Berthold Auracher saß etwas leicht nach vorne gebeugt auf seinem Stuhl und mahlte mit aufeinandergepreßten Lippen mit den Zähnen, als überlege er. Unruhig ging sein Blick über den blankgescheuerten Fußboden des Amtszimmers und es dauerte eine geraume Weile, bis er die Worte fand: »Es soll alles bleiben, wie es war.«
»Gut«, meinte der Bürgermeister, »ich lege Euch nichts in den Weg und wenn Ihr in der nächsten Zeit meinen Rat braucht, dann wißt Ihr, wo Ihr mich findet.« Dabei nahm er einen dicken Schlüsselbund aus seiner Schreibtischlade und warf ihn laut klirrend auf den Tisch. »Da«, sagte er, »die Schlüssel, die ich damals an mich genommen hatte, nach des Vetters Tod. Es wäre nicht gut gewesen, wenn die beiden überall herumgestöbert hätten.«
»Wen meint Ihr mit den beiden?« fragte Auracher

etwas unsicher. Der Bürgermeister war inzwischen aufgestanden und indem er den Sessel wieder pedantisch zurechtgestellt hatte, sagte er: »Ich meine den Knecht, den Karl und alte Theres, die Eurem Vetter den Haushalt geführt hat. Sie bekam bei ihm das Gnadenbrot und ich denke, Ihr werdet's auch nicht anders machen.«

Auracher nickte: »Wenn sie recht ist, mag sie bleiben.« Dabei nahm er seinen Stock, den er in die Ecke gestellt hatte und folgte dem Bürgermeister, der sich der Tür zuwandte.

»Mit dem Knecht werdet Ihr gut geschirren können, er ist ein tüchtiger Arbeiter und versteht was vom Bauernhandwerk. Nach des Vetters Tod wollte ihn der Ziegelbauer zu sich nehmen, aber der Karl hat es nicht gemacht. »Der Hof braucht mich jetzt«, hat er gesagt, »wenigstens so lange, bis sich jemand von der Familie Auracher gemeldet hat, der ihn übernimmt.«

»Vielleicht aber«, und dabei blinzelte der Ortsvorsteher vielsagend, »hat der Knecht auch gehofft, man findet Euch gar nicht mehr«.

Auracher nickte nur.

Der Bürgermeister fuhr fort: »Na ja, nach diesem Krieg wäre das doch gut möglich gewesen. Wo so viele nicht mehr heimkommen. Ehrlich gesagt, ich habe auch nicht mehr damit gerechnet, daß man Euch findet, und selbst Euer Vetter konnte sich nur

schwach daran erinnern, daß noch einer da sein müsse aus der Auracherfamilie. Es war also nicht viel, was er uns sagen konnte über Euch, und was er wußte, war auch nichts Rühmenswertes.« Auracher wollte sich auf dieses Thema nicht weiter einlassen. »Ich weiß schon«, sagte er mit dem Unterton des Beleidigten, »ich war das schwarze Schaf in der Familie, weil ich Pech gehabt habe in meinem Leben.
Da bricht leicht einer den Stab über einen.«
Der Bürgermeister lächelte wohlwollend: »Na, Ihr fangt ja jetzt von vorne an, vielleicht habt Ihr in Bergdorf mehr Glück.«
»So Gott will, ja«, antwortete Berthold.
Mit diesen Worten verließen sie das Amtszimmer. Auf der Treppe begegnete ihnen der Büttel, der alte Weckerle. Er grüßte seinen Herrn und sah Auracher mißtrauisch von der Seite an.
»Ihr könnt gleich helfen, Weckerle«, rief ihm der Bürgermeister zu, »den neuen Kreuzhofbauer in sein Haus zu führen.«
»Es ist schon recht«, brummelte der Alte. »Wo ist er denn?«
Der Bürgermeister lachte: »Er steht vor Euch, macht doch die Augen auf!« Mit offenem Mund starrte der Büttel Auracher an und schwieg. Dann gab er den Weg frei und folgte den beiden über die Treppe ins Freie; dabei fletschte er die Zähne, wie ein Wach-

hund, der nur auf die Erlaubnis seines Herrn wartet, den Fremdling ins Bein beißen zu dürfen. -
Wie ausgestorben war das Dorf und die glühende Mittagssonne brannte unbarmherzig auf das holperige Pflaster. Sie gingen die enge Dorfstraße entlang, die zu dem kleinen Kirchlein am Berg emporführte und bogen am Ende des Fleckens links ab.
»Jetzt könnt Ihr Euren Hof schon sehen«, sagte der Bürgermeister «dort unten, wo sich die beiden Wege kreuzen, das ist der Kreuzhof«.
Nun die Häuser etwas spärlicher wurden und Berthold Auracher etwaige neugierige Blicke hinter den Gardinen nicht mehr zu fürchten brauchte, wagte er es zum erstenmal, aufzublicken. Da lag nun das kleine Fachwerkhaus mit der angrenzenden Scheune, dem Stall und dem geräumigen Hof, der durch einen mannshohen Holzzaun umfriedet war. Es war eines der ältesten Häuser im Dorf, aber alles machte einen gepflegten Eindruck und dem Handwerksburschen wurde ganz warm ums Herz, als er mit den beiden Männern vor dem großen, geschlossenen Hoftor stand. -
»Wir sind da«, sagte der Bürgermeister und wischte sich mit seinem bunten Taschentuch den Schweiß aus dem Genick. Sie öffneten das Tor und kümmerten sich nicht im geringsten um das wütende Gebell des Hundes, der wie toll an seiner Kette riß. »Sei

still, Rex!«, schnauzte ihn der Schulze an, »Dein neuer Herr kommt, an den mußt du dich jetzt gewöhnen!« Der Hund zog den Schwanz ein und verkroch sich in seine Hütte. Auf das Klopfen der Männer meldete sich niemand. »Sie scheinen nicht da zu sein«, meinte der Büttel. »Wahrscheinlich hängt der Schlüssel hinter dem Laden.« Der Bürgermeister klappte den Fensterladen um, der nur angelehnt war und nahm den Hausschlüssel vom Nagel. Geräuschvoll und umständlich sperrte er die Tür auf und ging mit dem Büttel voraus. Berhold Auracher hatte seinen Stock an die Hausmauer gelehnt, nun nahm er die Mütze vom Kopf und folgte den beiden Männern. Angenehm kühl war es in dem dunklen Hausflur und als er durch die Stubentür treten wollte, mußte er sich etwas bücken, so groß war er. Die beiden Männer traten schweigend zur Seite. Es entstand eine kurze Verlegenheitspause, während der eine auf den andern wartete, daß er etwas sage. Dann brach der Bürgermeister das Schweigen.

»Wir wünschen Euch eine gute Einkehr auf Eurem Hof, Berthold Auracher. Der Hof ist nicht allzu groß, aber er ernährt seinen Mann. Es ist auch kein Hexenwerk, Ihr kommt ja ins gemachte Nest. Was ich noch sagen wollte: Am ersten jeden Monats kommt der Notar aus der Kreisstadt zu uns aufs Rathaus; ich lasse Euch dann rufen, damit wir die Einschreibung auf Euern Namen vornehmen können, wie es der Vetter im Testament bestimmt hat.« Und sich zur Tür wendend, fuhr er fort: »Wir haben hier nichts mehr verloren, jetzt seid Ihr dran. Komm, Weckerle!« Mit diesen Worten verließ er die Stube. Der alte Büttel trottete folgsam und wortlos hinter dem Bürgermeister her. Als sie über den Hof gingen, bellte der Hund wieder, dann flog das Hoftor knarrend ins Schloß. –

Berthold Auracher – wie er jetzt hieß – war allein in seinem Haus und seinem Hof. Niemand konnte ihm diesen Besitz streitig machen, denn der Bürgermeister selbst hatte ihn amtlich anerkannt. Jetzt war er Bauer. Laut ging sein Atem durch die unheimliche Stille in dem fremden Raum. An der Wand tickte die Schwarzwälderuhr. Sonst war alles still auf dem Kreuzhof. Der Hund hatte sich wieder beruhigt.
Berthold Auracher sah sich in der Stube um. Es war alles sauber und jedes Ding hatte seinen Platz. Die Vorhänge an den niedrigen Fenstern waren frisch gewaschen und der Tisch aus Birnbaumholz war blitzblank gescheuert. Hinter dem Tisch, der Fensterwand entlang, stand die Eckbank, auf der anderen Breitseite des Tisches zwei einfache Stühle. Am oberen Ende des Tisches thronte der große Backensessel, mit schwarzem Leder überzogen und am Rande mit

weißen Porzellannägeln verziert. Über einer alten, mit schweren Eisenbeschlägen versehenen Truhe, hing das schlichte Holzkreuz. Die polierte Kommode war übersät mit Nippesfiguren und alten Fotografien, darüber hing an der Wand ein Brautkranz aus vergangener Zeit; neben diesem ein halbblinder Spiegel in schwarzem Rahmen.

Berthold Auracher stand immer noch auf demselben Fleck. Als er einen vorsichtigen Schritt gegen das Fenster machen wollte, knarrte der Fußboden. Erschreckt blieb er stehen und wie zufällig fiel sein Blick auf den Schlüsselbund, den er immer noch in der Hand hielt. Wie angewurzelt stand er in dieser fremden Stube und sein Herz hämmerte bis in die Schläfen. Wirr kreisten in seinem Gehirn die Gedanken und es war ihm, als müßte jeden Augenblick die Tür aufgehen und der Tote hereinkommen. Er sah in seiner Fantasie die rotumränderten Säuferaugen auf sich gerichtet, den brutalen Mund, und im Ohr klang ihm das heisere Organ des anderen, mit dem er ihm seinen Hof abverlangte, jenen Hof, den er, Heinrich Zach, sich in der gestrigen Nacht erschlichen hatte. Unsicher gingen seine Augen von einem Gegenstand zum andern. Langsam wanderte sein unruhiger Blick an der weißgekalkten Wand entlang und seine Nerven waren aufs äußerste gespannt. Als sich seine verkrampften Finger lösten, fiel der Schlüsselbund laut klirrend zu Boden. Auracher schreckte zusammen, er bückte sich und dabei fiel sein Blick in den Spiegel. Aber das Gesicht, das ihn aus dem Spiegel anstarrte, war nicht sein eigenes. Es waren ein Paar stechende Augen, die ihn schon einmal angeblickt hatten ... Er griff sich an die Kehle, sein Atem stockte, er stieß einen Schrei aus und stürzte hinaus in den Hof. –

Der Hund bellte wild und die Hühner rannten ziellos durcheinander. Keuchend und an allen Gliedern zitternd ließ er sich auf der Haustürstaffel nieder und stierte vor sich hin. Allmählich schlug sein Herz wieder ruhiger und langsam kamen ihm wieder klare Gedanken. Ganz nüchtern konnte er sich jetzt diesen schrecklichen Augenblick erklären: Aus dem Spiegelbild einer an der Wand gegenüber hängenden Fotografie eines verstorbenen Familienmitglieds hatte sich seine überreizte Phantasie in eine Angstpsychose hineingesteigert. Das war alles! Nein, auf solche Geschichten durfte er sich in Zukunft nicht mehr einlassen. Es gab jetzt kein Zurück mehr, nun, nachdem er das Schrecklichste hinter sich gebracht hatte. Selbst wenn er es wollte, er konnte nicht mehr zurück auf die Landstraße. Man würde ihm nachspüren, der Bürgermeister würde ihn suchen lassen, – den Berthold Auracher, dessen Namen er gestohlen, um seinen eigenen mit dem Opfer im Wald zu verscharren.

Unerbittlich stand sein neues Leben vor ihm und ließ ihm keine Wahl. Heinrich Zach war tot und Berthold Auracher saß auf seinem Hof. –

Als Berthold aufblickte, sah er den Hund vor sich sitzen. Er bellte nicht mehr. Im Gegenteil; er wollte näher an ihn heran, um ihn zu beschnuppern. Aber seine Kette hielt ihn zurück und schnürte ihm den Hals zu. Berthold sprach ganz ruhig mit ihm. Das Tier spitzte die Ohren und schien sich zu freuen, legte den Kopf schief und schaute ihn mit großen Augen neugierig an. Auracher ließ sich von der Stufe vollends zu Boden gleiten, um näher an ihn heranzukommen. Dabei strich er mit seinen abgemagerten Fingern über das zottige Fell. Der Hund wedelte mit dem Schwanz und leckte ihm die Schuhe. »Wirst wohl der einzige sein, der sich über mein Kommen freut«, sagt Berthold und hielt ihm seine Hand hin. Da legte der Hund seine dicke Pratze darauf und Berthold schüttelte sie kräftig, wie die eines alten Freundes. »Wir zwei wollen zusammenhalten, verstehst du, – was auch kommen mag, du und ich.« Dabei stand er auf und machte den Hund von der Kette los. Der schüttelte sich und sprang an ihm hoch. Dann rannte er in tollen Sätzen über den Hof hinter den Hühnern her, die laut gackernd in den Stall flüchteten. Berthold Auracher sah ihm schmunzelnd zu. Als Rex sich ausgetobt hatte, kam er zurück und rieb seine bärtige

Schnauze an dessen ausgestrecktem Bein. Darauf gingen sie beide ins Haus. Der Hund lief eifrig voran, als wolle er dem neuen Freund jeden Winkel zeigen, und Berthold folgte ihm. Sie gingen durch Küche und Keller, in die Stube und hinauf in die Kammern. Als sie wieder in der großen Wohnstube angelangt waren, hob Auracher den Schlüsselbund vom Boden auf und öffnete die letzte verschlossene Tür dieses Hauses, vor der ihn bisher eine gewisse Scheu zurückgehalten hatte. Durch einen schmalen Spalt streckte er den Kopf ins Zimmer und sah sich um. Es war die Schlafkammer des verstorbenen Kreuzhofbauern. Links in der Ecke stand das hochbeinige schmale Bett mit den karierten Überzügen; in der rechten ein kleiner Tisch, auf dem die Bibel lag; zwei Stühle davor an der Längswand der große, breite Eichenschrank. Beim Öffnen des Schrankes kam ihm ein scharfer Mottenpulvergeruch entgegen und sauber geordnet hingen die Kleider und Anzüge auf ihren Bügeln. Berthold trat ans Fenster und riß beide Flügel weit auf. Die roten Geranien auf dem Blumenbrett ließen ihre Köpfe hängen und schmachteten in der sengenden Mittagssonne. Da ging er in die Küche, füllte einen Krug mit frischem Wasser und goß die Blumen.

Neben dem großen Eichenschrank hing an der getünchten Wand noch ein Kleiderrechen, an welchem das Alltagszeug des Bauern hing: eine dunkle Arbeitshose, derbe, geölte Schaftstiefel, ein Hemd, Schürze und Rock. Er nahm sich frische Wäsche aus dem Fach und ging damit in die Küche. Rex verfolgte jede seiner Bewegungen und blieb ihm immer dicht auf den Fersen. Wenn sich draußen irgend etwas rührte, knurrte er leise, wich aber keinen Schritt von der Seite seines neuen Herrn. Berthold hatte eine Wanne mit Wasser vollaufen lassen, stellte sich hinein und schrubbte seinen Körper von oben bis unten mit Seife und Bürste ab. Dann nahm er das auf der Fensterbank liegende Rasiermesser und schabte sich den Bart. So, vom wochenalten Staub der Landstrasse gereinigt und mit der frischduftenden Wäsche bekleidet, zog er die Alltagsmontur des Bauern an und trat hinaus auf den Hof. Der Hund sprang voraus, blieb vor der Stalltür stehen, um dann wieder zurückzukehren und erwartungsvoll an ihm hochzuschauen.

Berthold Auracher öffnete die Tür und überflog mit sachkundigem Blick das Innere der Stallung. Zwei mittelgroße, braun-weiß-gefleckte Milchkühe drehten sich träge nach ihm um und glotzten ihn kauend an. Das junge Kalb, das daneben im Stroh lag, nahm von seiner Ankunft keinerlei Notiz. Ganz hinten an der Wand stand ein schwarzer Hammel, der gelangweilt mit den Hörnern gegen die Raufe stieß. Zwei

Futterplätze waren leer. Ohne Zögern und langes Überlegen stieß Auracher die Stalltür weit auf, ergriff eine Gabel und warf den Mist auf den Dunghaufen. Draußen fuhren hochaufgeschichtete Wagen mit duftendem Heu vorbei. Eine Fuhre nach der anderen ratterte ächzend und polternd über das alte Dorfpflaster. Hell knallten die Peitschen, die Kinder, die hoch oben auf den Wagen thronten, kreischten vergnügt und klatschten in die Hände. Aus den kleinen Schornsteinen der Häuser stieg der dicke Rauch senkrecht in den Himmel.
Berthold Auracher war gerade dabei, einen frischen Strohbund aus der Scheune zu holen, als die alte Frau, die soeben den Hof betreten hatte, entsetzt stehen blieb, und dann mit dem verzweifelten Aufschrei: »Alle guten Geister, der Teufel!« wieder auf die Gasse flüchtete. Das hinter ihr anfahrende Ochsengespann bremste ruckartig ab und Karl, der Knecht, kam der kreischenden Alten entgegen: »Der Kreuzhofbauer!«, schrie sie, »Der tote Kreuzhofbauer steht im Hof!« Da setzte auch schon Rex in tollen Sprüngen auf die Straße und sprang laut bellend an dem Knecht hoch. »Was ist denn mit dir los?«, fragte der, »Wer hat denn dich von der Kette losgemacht?« Durch den frei herumlaufenden Hund mißtrauisch geworden, eilte er auf den Hof und stand nun ebenfalls etwas benommen vor dem Fremdling.

Dann aber fing er an zu lachen und sagte: »Ich kann mir schon denken, wer Ihr seid. Sicher der neue Kreuzhofbauer. Wir haben lange Tage und Nächte auf Euch gewartet. Nun Ihr so plötzlich in der Kluft des Verstorbenen dasteht, hat es die Theres mit der Angst bekommen. Sie ist ein altes Weib, das gleich den Teufel sieht«. Und laut rief er zum Tor hinaus: »Theres, komm herein, der neue Bauer ist da!«

Langsam und zögernd schlich die Alte näher und schüchtern, noch von dem Schreck befangen, fing sie mit ihrer brüchigen Stimme an: »Nehmt es mir nicht krumm, daß ich so laut geschrien hab, Bauer; mir war, als stünd der Vetter selig grad vor mir.«

»Es ist schon gut«, antwortete der Bauer. »Weiß wohl, der Kittel hat Euch wirr gemacht, doch tröstet Euch. Ich bin kein Geist, sondern ein Mensch, genau wie Ihr. Berthold Auracher heiß ich«.

Da stieß der Knecht das Hoftor auf und fuhr den Wagen ein; der Bauer half ihm und die Alte ging ins Haus. –

»Aller Augen warten auf dich, und du gibst ihnen ihre Speisen zu seiner Zeit. – Amen.«

Der neue Bauer schnitt das erste Brot vom Laib, so war's der Brauch. Dann gab er jedem seinen Teil.

»Ihr müßt's uns eben sagen, wie Ihr's in Zukunft haben wollt«, sagte der Knecht. »Wir kennen Euren Willen nicht.«

Berthold Auracher hatte sich die ganze Zeit mit dem Hund beschäftigt, was die alte Theres mit einem verständnislosen Kopfschütteln quittierte. Dann sagte er: »Ich will hier keine Neuerungen einführen, dazu verstehe ich noch zu wenig davon. Ich denke, man läßt es am besten, wie es war. Der Hof ist mir noch fremd, ich selbst muß auch noch manches lernen und darum brauche ich euch beide. Wenn alles seinen Gang geht, ist's mir recht und euer Schaden soll's nicht sein. Der Bürgermeister hat mir schon erzählt und euer Schaffen sehr gelobt. Es ist schon recht wie ihr's bisher getrieben. Nur eines hat mir nicht gefallen und darum hab ich's gleich geändert. Der Hund ist kein Verbrecher; weshalb legt man ihn an die Kette?«

Der Knecht druckste herum, doch die Alte fiel gleich ein: »Es war immer so, so lang ich mir denken kann.«

Auracher schnitt ihr das Wort ab: »Er liebt die Freiheit und er braucht sie auch, wie jede Kreatur. Ich kannte einen Menschen, der im Zuchthaus saß. Er war dreißig Jahre alt. Nach zehn Jahren hat man ihn entlassen, weil es sich herausgestellt hatte, daß er unschuldig war. Wir, seine Freunde, holten ihn an diesem Tage ab. Als er heraustrat, erkannten wir ihn nicht. Er war ein alter Mann.« –

Schüchtern wagte die Theres einzuwenden: »Er soll den Hof bewachen und beschützen.«

Auracher lachte: »Wie soll er das, wenn man ihn festgebunden hält? Wenn einer einen Stock nimmt, um ihn totzuschlagen, das arme Vieh kann sich nicht einmal wehren!«
Das leuchtete dem Knecht wohl ein. »Der Bauer hat schon recht und was er sagt, das wird getan.« Dann stand er auf, um nach dem Vieh zu sehen. –

Ein Jahr schon war ins Land gegangen, seitdem der neue Bauer auf dem Kreuzhof aufgezogen war, und wieder hatte man die Ernte eingebracht. Der Most gärte in den Fässern. Die Nächte wurden kälter und der Herbstnebel lagerte auf den kahlen Feldern. Da saß es sich gemütlich in der Stube, und wenn das Vieh versorgt war, schloß man zur Dämmerstunde schon das Haus. Die Theres hatte ihr Flickzeug vorgenommen, der Knecht las in der Zeitung den Roman; der Bauer aber saß am Tisch und spielte mit dem Hund. Gleichmäßig flossen die Tage dahin. –
Im Dorf hatte man sich an den neuen Kreuzhofbauer gewöhnt. Die Klatschmäuler waren allmählich verstummt und der Dahergelaufene wurde schließlich notgedrungen als einer der ihrigen hingenommen. Seinen Hof schien er ja in Ordnung zu halten. Er war auch freundlich, aber kurz zu jedermann. Im übrigen blieb er für sich in seinen Wänden. Neugierige Schnüffler wußte er sich geschickt vom Leib zu

halten und da ihm auch das Oberhaupt des Dorfes freundlich gesinnt schien, war über sein Vorleben nichts Aufregendes in Erfahrung zu bringen. Zudem war Karl kein Wirtshaushocker, so daß man auch den Knecht nichts fragen konnte. Als der Monat November seinem Ende zuging, trafen die Weiber bereits die ersten Vorbereitungen für die Weihnachtszeit. Langsam fing man an zu backen für das größte Fest im Jahr. Weihnachten! – Das Fest der Dörfer, der Einsamen und der Stillen. Die Zeit, die ihren Zauber nie verliert, – der Tag der Geburt Christi, der versöhnende, der die Menschheit in Liebe zueinanderführt und einigt, – wenn auch nur für wenige Stunden. Das frohe Ahnen dieser Stunden schloß auch im Kreuzhof alle Herzen auf. Die Theres wurde munter und lebendig, der Knecht sprach gern ein offenes Wort mit seinem Herrn, man scherzte und lachte. Der Bann war gebrochen und alle waren froh darüber. Auracher selbst am meisten, denn seit es wenig Arbeit gab und manch stille Stunden, war das Grübeln wieder über ihn gekommen. Vor allem in den Nächten, wenn er in seiner Kammer lag und Schreckensbilder seine Sinne folterten. Wenn seine Augen müde waren und der Geist nicht schlafen wollte. – Ja, während der Erntezeit, da war das anders. Da kam man nicht zum Denken, da steckte man von früh bis abends in der Arbeit drin und fiel todmüde wie ein Sack ins Bett. Da war die Zeit zu knapp, um über Recht und Unrecht nachzugrübeln und aller Druck, der auf der Seele lastete, schien wie verflogen. Die Arbeit und der Fleiß befreiten sein Gemüt, er wurde offener und aufgeschlossener zu den Seinen. Nur wenn ein Fremder kam, den er nicht kannte und von dem keiner wußte, wer er war, da flackerten seine Augen angstvoll hin und her und er senkte den Blick zu Boden. Deshalb blieb er lieber für sich allein. Nur einmal in der Woche ging er unter die Leute, am Sonntagvormittag zur Kirche. Da trug er seine schwere Last ins Gotteshaus, um sie vor seinem Herrgott auszubreiten. Still saß er dann und in sich gekehrt auf seinem Platz, und jedes Wort, das von der Kanzel kam, legte sich wie Balsam auf seine Seele. Nach jedem Beten bröckelte ein kleines Teilchen ab von seiner Schuld und er gewann von Tag zu Tag an Sicherheit.

Auch wenn die Post ins Haus kam, fing sein Herz zu pochen an und über seine Hände lief ein ängstliches Zittern. Dann riß er rasch den Umschlag auf und las nervös den Inhalt des Schreibens. Erst wenn er wußte, daß es harmlos war, kehrte der alte Glanz in seine Augen wieder und heimlich schalt er selbst sich einen Narren.

Dies alles fraß aber doch an seinen Nerven und legte sich ihm aufs Gemüt. Einmal, zur Erntezeit, kamen

er und der Knecht über Mittag nicht nach Hause, nur die Theres lief rasch heim, um Brot und Getränk zu holen. Als sie wiederkam und erzählte, ein amtliches Schreiben sei gekommen, ließ der Bauer nervös die Arbeit liegen und rannte heim, so schnell er konnte. Die beiden andern sahen ihm verwundert nach und schüttelten den Kopf. Dan aber kam er lachend wieder, hatte für jeden etwas Süßes mitgebracht und schuftete für zwei, um alles nachzuholen.
An solchen Tagen war der Mann die Güte selbst und wohl dem Bettler und Hausierer, der da an seine Tür klopfte. Er wurde gut bewirtet und bekam ein kleines Zehrgeld mit auf den Weg. Das hatte sich im Dorf schon herumgesprochen, ja man wußte in der ganzen Gegend davon, und böse Mäuler meinten, seitdem der neue Kreuzhofbauer hier im Lande sei, nehme das Bettelvolk schon überhand. Wenn sich die alte Theres darüber aufhielt, konnte der Bauer ernstlich böse werden:
»Ihr habt im Leben stets ein Bett gehabt und wißt auch nicht, was Hunger heißt!« sagte er. »Die Erde ist für alle, nicht für einen. Wer mehr hat als er braucht, besitzt ein unrecht Gut. Laßt mich nur machen, Alte. Warum soll man nicht einem armen Teufel helfen? Es bleibt noch genug für uns, und wenn wir einmal gehen, bleibt einem jeden von uns genau dasselbe.«

Von da ab ließ sie ihn gewähren und murrte manchmal nur noch still in sich hinein.–
Es war an einem Sonntagnachmittag, als auch der Pfarrer ihn zum erstenmal besuchte. Die Theres sah den alten Herrn aufs Haus zuschreiten und rief den Bauern rasch aus seiner Kammer. Der war ganz ausser sich vor Freude, zog schnell seinen Rock an und stellte sich unter die Tür.
Mit erregter Stimme hieß er ihn auf dem Kreuzhof herzlich willkommen. Der Geistliche versicherte ihm, daß es schon längst seine Absicht gewesen sei, einmal vorbeizukommen, nachdem der Bauer ihn so regelmäßig besuche. Von seinem Vorgänger sei er in dieser Beziehung nicht sehr verwöhnt worden, umsomehr freue es ihn, daß der neue Kreuzhofbauer mit seinem Herrgott einen engeren Kontakt habe. Auracher lud den alten Herrn zum Sitzen ein, er selbst setzte sich ihm gegenüber.
Der Besuch des Pfarrers machte ihm den Sonntag zu einem Fest. Ihm war, als wäre der Herrgott selber zu ihm gekommen und seine düstere Stube erschien ihm plötzlich licht und heiter. Nun war endlich einmal einer um ihn, der von der Liebe sprach und von der Vergebung aller Sünden. Nun mochte er an dieses Leben wieder glauben. Der Herr würde ihm nicht seinen Diener ins Haus gesandt haben, wenn er ihm nicht vergeben hätte. So dachte Berthold Auracher

und sein Herz hielt Versöhnung mit sich und der Welt. Die Theres mußte gleich einen Kaffee kochen und Kuchen auftragen. Danach noch ein gutes Gläschen Wein. Als der alte Herr aufbrechen wollte, begleitete er ihn bis zum Hoftor und sah ihm noch lange nach. Rex sah den Herrn draußen stehen und sprang freudig wedelnd auf ihn zu. »Ja, mein Guter, du sollst auch dein Vergnügen haben!« sagte er, ihm den Kopf streichelnd. »Komm mit!« – Der Besuch des Pfarrers bei ihm, dem Fremdling, hatte ihm wohlgetan. Er fühlte sich als der neue Kreuzhofbauer anerkannt und beehrt. Frohgemut schritt er zwischen seinen Wiesen und Äckern dahin. Der Herbstwind wühlte in seinen Haaren und strich ihm kühlend über die Stirn. Er hob Steine auf, warf sie in hohem Bogen von sich und Rex jagte ihnen nach, nahm sie auf und legte sie ihm wieder vor die Füße. »Bist ein guter Hund, mein bester Freund!« lobte er ihn. Er fühlte sich glücklich und wieder eins mit der Welt. –

Es war Winter geworden. Als der Knecht in der Früh in den Stall wollte, mußte er sich zuerst einen Weg durch den Schnee schaufeln. Die Häuser hatten sich weiße Mützen über die Ohren gezogen und ein grauer Himmel hing schwer über dem Land. In einer Woche war Weihnachten. Der Bauer stand in der warmen Stube am Fenster und träumte in den Wintermorgen hinaus. Die Dorfkinder hatten ihre Schlit-

ten hervorgeholt und jubelten sich heiser vor Vergnügen. Einige trugen Schnee herbei, bauten einen Schneemann und setzten ihm einen Zylinder auf den dicken Kopf. Rex tollte umher und wälzte sich auf dem Rücken. Er war wie umgewandelt, seit sein neuer Herr ihm die Freiheit wiedergegeben hatte. Deshalb war er aber nicht weniger aufmerksam geworden; er wußte instinktiv, wer auf dem Hof nichts zu suchen hatte. Bisher, jahraus jahrein an die Kette gefesselt, mußte ihm mit der Zeit jedes menschliche Wesen als Feind dünken. Nun hatte er einen Freund, dem er mit seinem Hundeherzen treu ergeben war.
Sein Herr beobachtete von der Stube aus das bunte Treiben draußen und trommelte schmunzelnd mit den Fingerspitzen an die Scheiben. Jetzt war das Bauersein leicht. Im Ofen prasselte das Feuer und von der Küche her stieg ihm ein verlockender Duft in die Nase. Er konnte wohl mit seinem Schicksal zufrieden sein. Mit unermüdlichem Fleiß und mit Sparsamkeit hatte er den Hof in kurzer Zeit ganz schön in die Höhe gebracht. Seit einem halben Jahr stand eine prächtige Fuchsstute im Stall, zur Freude des Knechts, der morgens, gleich nach dem Kaffee, mit dem Schlitten nach Erschach gefahren war, wo er einige Besorgungen zu erledigen hatte.
Draußen fand nun zwischen den Buben und Mädchen eine Schneeballschlacht statt. Er freute sich

mit an dem Spaß, den die Kinder hatten . . . Ja, wenn man selbst Familie hätte; eine Frau, die einem ganz gehörte, und Kinder, die einen anlachten und Vater sagten. – Er mußte darüber lachen, was ihm alles einfiel . . . Ein Glück, daß die Theres in die Stube kam und die Suppe auftrug. Das wär ja noch schöner! Was verlangte er noch alles vom Schicksal?

Auf dem Weihnachtsmarkt in Erschach schoben sich die Menschen in buntem Gewühl von einem Verkaufsstand zum anderen. Das Geschrei der Budenbesitzer übertönte das Gedudel einer verstimmten Karussellorgel, und aus dem Gasthof zur Kanne drang das laute Lachen der Gäste. Als Karl in die verräucherte Gaststube trat, wurde er von einigen Burschen, die ihn kannten, mit lautem Hallo begrüßt und an ihren Tisch gerufen. Er schüttelte die vielen Hände, legte sein Päckchen auf die Bank und nahm in der fröhlichen Runde Platz. Die junge, hübsche Kellnerin brachte ihm unaufgefordert einen Krug Bier und setzte sich neben ihn, ohne sich weiter um das Rufen der übrigen Gäste zu kümmern. Ein sauberes Ding war sie schon, die Else. Und ein Mundwerk besaß sie, mit dem sie jeden ihrer zechenden Gäste in Schach zu halten vermochte, wenn es not tat. Der Kannenwirt, der gläserspülend hinter seiner Theke stand, ließ sie gewähren, weil er wohl wußte, daß

mancher der jungen Leute nicht ausschließlich wegen seines guten Biers bei ihm einkehrte. Was ihm besonders an ihr gefiel, war der Umstand, daß sie keinen seiner Gäste bevorzugte. Doch den einen da, bei dem sie gerade saß, dcn Karl aus Bergdorf, den schien sie schon etwas fester in ihr Herz geschlossen zu haben. Aber der kam ja so selten hierher, daß man schon einmal ein Auge zudrücken konnte. Für so was hatte der Kannenwirt Verständnis, solange sein Geschäft nicht darunter litt. Zudem war es auch kein Wunder, denn dieser Kreuzhofknecht aus Bergdorf war ein stattlicher Kerl. Er überragte die andern um ein gutes Stück und hatte ein paar Augen im Kopf, die so einem jungen Ding schon einheizen konnten.
Else hatte ihm soeben einen frischen Krug hingestellt und wollte sich wieder zu ihm setzen, als er einen Geldschein auf den Tisch warf und aufstand, um sich zu verabschieden. Laut protestierten seine Freunde und die Kellnerin sagte: »Willst du denn schon wieder gehen, bist doch eben erst gekommen?«
Karl schien wenig daran zu liegen, länger zu bleiben. »Es wird Zeit für mich«, sagte er nur.
Else schmollte ein wenig und meinte: »Daß du immer nur auf einen Sprung kommst und nie dienstags.«
»Dienstags?« fragte Karl.
»Natürlich«, antwortete Else vielsagend. »Da hab ich doch meinen freien Tag. Wir könnten zusammen

spazierengehn.« – Karl mußte lachen und gab ihr zu verstehen, daß er unter der Woche keine Zeit habe, denn da gehe es scharf her bei ihnen.
»Ja gelt«, sagte sie, »der neue Kreuzhofbauer, das ist einer, der den Hof wieder in Schwung bringt. Gesehen hab ich ihn zwar noch nicht, aber die Bergdorfer erzählen's, wenn sie hierherkommen.«
Karl gab ihr die Hand. »Auf Wiedersehen, Else, bis zum nächsten Mal.« Er ging zur Tür, aber sie rannte ihm nach, hielt ihn am Arm fest und sagte: »Beinahe hätte ich es vergessen. Ich sollte dich fragen, ob du noch einen Platz bei dir im Schlitten frei hast. Da hinten sitzt eine, die möchte heute noch nach Bergdorf« und dabei zeigte sie auf ein junges Mädchen, das ganz hinten in der Ecke allein an einem Tisch saß. Karl sah gar nicht hin und sagte ungehalten: »Ich mag keine Begleitung und eine weibliche schon gar nicht.«
Else gab ihm einen Klaps auf die Hand und war froh, einen Grund zu haben, ihn noch etwas aufzuhalten. »Sei nicht so unhöflich, das arme Ding kann doch nicht zu Fuß bei dem hohen Schnee nach Bergdorf laufen; und einen Koffer hat sie auch noch bei sich!«
Der Knecht sah an ihr vorbei. Das Mädchen in der Ecke schien zu ahnen, daß die beiden von ihm sprechen, wollte die Chance wahrnehmen und lächelte ihn an. Karl konnte nicht wegschauen und eine leichte Röte schoß ihm in die Wangen. Wer konnte das

sein? Was mochte sie nach Bergdorf führen? Er ärgerte sich über sich selbst, daß er die Bitte, sie mitzunehmen, so schroff abgelehnt hatte. Nein, das konnte er ihr nicht antun – und er hatte ja Platz genug in seinem Schlitten. Zudem war es ein sehr hübsches Mädchen. »Na, was soll ich ihr sagen?« fragte Else, als er immer noch schwieg. »Ich werd's ihr selbst sagen«, antwortete er und ließ sie stehen.

Lautlos glitt der Schlitten über die weiße Fläche. Nur das Schellengeläute durchbrach die Stille der Landschaft. Karl schnalzte mit der Zunge und trieb den Fuchs zur Eile an. Der Tag ging zur Neige und in dichten Flocken fiel der Schnee. Das Mädchen hatte sich unter die Decke verkrochen, die ihr Karl bei der Abfahrt um die Beine gewickelt hatte. Sie saß mit dem Rücken in Fahrtrichtung und der Knecht ihr gegenüber, hinten auf dem Lenkbock. Eine Unterhaltung zwischen den beiden wollte nicht in Gang kommen. Es waren nur immer belanglose, kurze Fragen, die er an seine Begleiterin richtete und die sie ihm ebenso kurz wie unwillig beantwortete. –

Nun war schon eine gute Weile kein Wort mehr zwischen ihnen gefallen, denn seit sie ihm auf seine Frage, was sie in Bergdorf für ein Ziel habe, den Kreuzhof genannt hatte, schwieg er beharrlich und nagte grübelnd an der Unterlippe. Dabei streifte sein Blick hin und wieder verstohlen das gutgeformte Antlitz.

Wer mochte sie sein und was hatte sie auf dem Kreuzhof verloren? Auf dem ganzen Heimweg ließ ihn diese Frage nicht mehr los. Noch nie war im Kreuzhof die Rede von einer Verwandtschaft gewesen; denn es war erwiesen, daß der jetzige Bauer einziger Überlebender dieser Familie war. In welchem Verhältnis konnte also die Fremde zu ihm stehen? Was wollte sie von ihm – oder er von ihr? Bei all seiner Unruhe – das Mädchen gefiel ihm –, aber er wagte es nicht mehr, hinzuschauen, denn er fürchtete die großen, dunklen Augen, aus denen eine stolze Seele sprach. Doch immer wieder zog es ihn zu ihr hin. Was ging ihn aber schließlich die Frau an? Was brauchte er sich um sie groß zu kümmern? Er knallte ein paarmal mit der Peitsche und trieb das Roß mit Schnalzen an. Die Schneeflocken stoben ihm ins Gesicht; er nahm die Hand vom Zügel und streifte sie ab. Unten im Tal waren bereits die ersten Häuser von Bergdorf zu sehen. Der Fuchs wieherte laut, weil es dem Stall zuging.

»Gleich werden wir da sein«, sagte der Knecht. »Weiß der Bauer, daß du kommst?«

Das Mädchen schüttelte verneinend den Kopf.

»Wirst du länger bleiben?«

Die Angeredete zuckte nur mit der Schulter. –

Sie hatten das Ortsende erreicht und bogen in den Kreuzhof ein. Drinnen schien man das Geläut schon

gehört zu haben. Der Bauer war herausgekommen und öffnete das Tor. Rex rannte um den Fuchs herum und sprang bellend an ihm hoch. »Wie war's, Karl?« fragte Auracher.
»Gut, Bauer«, rief Karl und sprang vom Schlitten. »Der Schwefler läßt Euch sagen, er komme über die Feiertage herüber und Ihr sollt ihm das Kalb verkaufen.«
Berthold lachte: »Der Schlauberger denkt, er kann uns wieder übers Ohr hauen. Die Preise sind gestiegen. – Aber wer ist denn das? Du hast ja noch jemand mitgebracht?« Der Bauer sah jetzt erst das Mädchen, das sich umständlich aus der Decke wikkelte.
»Fragt sie nur selber«, antwortete Karl, »mir sagt sie's nicht.«
Der Bauer musterte die schlanke Gestalt und fragte: »Wo wollt Ihr denn noch hin, heute abend?«
Das Mädchen lächelte und sah ihm offen in die Augen. »Wenn Ihr der Kreuzhofbauer seid und Berthold Auracher heißt, dann komme ich zu Euch.«
Auracher wurde unsicher, wie immer, wenn jemand Fremdes ins Haus kam und nach ihm persönlich fragte. Er beherrschte sich und spielte den Arglosen. Was konnte das Mädchen von ihm wollen? »Na«, sagte er, »dann wollen wir hineingehen ins Haus.«
Die Theres, die die ganze Zeit schon hinter der Tür

gehorcht hatte und nichts Gutes witterte, rief in barschem Ton, man solle auch die Schuhe abtreten, damit nicht das ganze Schneewasser in der Stube herumlaufe. Das befolgten sie dann auch gründlich und der Bauer führte den späten Besuch in die Stube.

Die Fremde stellte sich mit auf dem Rücken verschränkten Armen an den Ofen, um die bei der langen Fahrt steif gewordenen Glieder aufzuwärmen. Sie benahm sich durchaus nicht schüchtern wie eine zufällig Dahergekommene, sah den Bauern prüfend an, der einen fragenden Blick auf sie richtete. Doch sie schwieg und sah mißfällig zu der alten Magd hinüber, die sich – natürlich aus bloßer Neugier – in der Stube zu schaffen machte, um ja alles mitzubekommen, was gesprochen wurde. Der Bauer schien begriffen zu haben; denn er befahl der Theres, sie solle dem Knecht im Stall helfen oder sich um das Abendessen kümmern. Mit einem mißtrauischen Blick auf das Mädchen schlich sie hinaus.

»Ich nehme an, Ihr wollt mich allein sprechen«, sagte Berthold Auracher. »Setzt Euch und erzählt, was Euch zu mir führt.« Er saß auf der Eckbank am Fenster. Da sie noch immer schwieg, wiederholte er mit einer freundlichen Geste seine Einladung, Platz zu nehmen. Das Mädchen achtete aber nicht darauf, blieb, an die Kommode gelehnt, ihm gegenüber stehen und sah ihn unverwandt an.

Dem Bauern war nicht wohl bei dieser Begegnung. Etwas Undurchsichtiges, fast Feindliches, sprach aus diesem Gesicht. Ein dunkles Ahnen stieg in ihm auf – Angst, längst Vergessenes könnte wieder auftauchen. Noch immer war kein Wort gefallen und das unheimliche Schweigen im Raum wurde ihm unerträglich.

»Ist es denn so schwer, was Ihr mir zu sagen habt?« fragte er mit heiserer Stimme.

»Ja«, sagte das Mädchen »und Ihr würdet es mir nicht glauben, wenn ich nicht auch den Beweis für meine Aussage mitgebracht hätte. Ich bin gekommen, Euch zu sagen, daß ich die Tochter der verstorbenen Eva Beringer aus Wiesenbach bin. Ihr habt meine Mutter einmal gekannt, – das ist freilich schon lange her. Ich bin jetzt einundzwanzig Jahre alt. Es wird Euch nicht angenehm sein, an diese Zeit erinnert zu werden. Männer scheinen ja so etwas gern zu vergessen. Die Mutter hatte ihren Stolz, und ich wäre wohl nicht hier, wenn sie noch leben würde. Glaubt also nicht, ich sei von ihr geschickt. Sie hat nie von Euch gesprochen; ich kannte nicht einmal Euren Namen. Nach ihrem Tod fand ich den Brief, den sie damals an Euch geschrieben haben muß und der dann wieder zurückkam, weil der Empfänger nicht aufzufinden war. Dieser Brief gilt einem Berthold Auracher, und Ihr müßt ihn lesen, um der Toten willen, –

vielleicht wird ihr dann im Grab leichter. Sie entnahm ihrem Täschchen ein Schreiben und warf es vor ihn auf den Tisch.
Der Bauer las lange. Dann stand er auf und ging einige Mal in der Stube auf und ab. Vor dem Fenster blieb er stehen, legte die Stirn gegen die kalte Scheibe und schloß die Augen. Das tat ihm wohl. Zu unvermittelt hatte ihn dieser neue Schlag getroffen. Das Mädchen war die leibliche Tochter seines Opfers, darüber war er sich im klaren, und sie sah ihn nun als ihren Vater an, daran war auch nichts zu ändern. Jene Tat, die er meinte vergessen zu können, stand nun wieder vor ihm und forderte Rechenschaft, der er nicht ausweichen konnte . . . außer er machte allem ein Ende. Nein! Er mußte seinen Weg zu Ende gehen. Feige und gewissenlos war er nie gewesen. Das Erinnern an die begangene Mordtat, Schuldgefühl und böses Gewissen hatten ihn oft nächtelang gequält. Er hatte abgegolten durch unermüdliche Arbeit für den Hof, durch Güte gegen Knecht und Magd und Tier.
Gab es für die Übeltat eines einzelnen kein Vergessen? . . . Draußen im Krieg hatten sie Tausende und Hunderttausende gemordet und die Welt war unbekümmert darüberhin gegangen. Die Zeit hatte stumm ihren Schleier darüber gebreitet. –
Er, Berthold Auracher, hatte soweit er es vermochte

wiedergutgemacht, was er an Schuld auf sich geladen. Der andere hätte es nie getan . . . Also war es ja ein Glück für das Mädchen, daß er nun der andere war. Ja! er wollte es auf sich nehmen, das Leben dieses Berthold Auracher zu Ende zu führen! Das sollte einmal seine Rechtfertigung sein. Damit wollte er sich die Gnade des Allmächtigen verdienen. Also mußte er jetzt auch der sein, den dieses junge Mädchen in ihm zu sehen glaubte, ihr Vater: Berthold Auracher.

Der gewissenlose Auracher, der vor mehr als zwanzig Jahren die Eva Beringer aus Wiesental in einer leichtsinnigen Nacht verführte, sich am darauffolgenden Morgen stillschweigend aus dem Staube machte, um als versoffenes Individuum auf den Landstraßen der Welt unterzutauchen. Und er sah auch darin eine Fügung des Schicksals, daß dieses Kind durch die einzige Notiz, die über die seltsame Erbschaft eines Landstreichers mit Namen Auracher in der Zeitung erschienen war, zu ihm gefunden hatte. Er fühlte sich beauftragt, das Leben eines Unwürdigen würdig zu vollenden. Dies mußte ihn rechtfertigen und seine Schuld aufheben. Er hatte dieses Erbe nun einmal angetreten und mußte es verwalten mit allem, was dazu gehörte. –

Das Schneetreiben draußen hatte aufgehört. Der Bauer trat vom Fenster weg und wandte sich dem

Mädchen zu, das noch immer schweigend an der Kommode lehnte, und nun, nachdem ihm der Mann frei und offen in die Augen blickte, scheu zu Boden sah und sich verlegen über die Schürze strich.
Er sah sie lange an. Dann fragte er: »Wie ist dein Vorname?« Da schlug sie die Augen auf und er sah, daß Tränen darin standen.
»Anna . . . Anna Beringer heiß ich.« Sie senkte den Kopf und Tränen rollten über ihre Wangen. Ganz anders als sie sich vorgenommen, stand sie vor dem, den sie gehaßt hatte. Der Bauer bemerkte die bitteren Linien um ihren Mund und deutete sie auf seine Weise . . . Als Kind einer ledigen armen Magd mochte sie eine freudlose und harte Jugend erlebt und wenig Grund zu Liebe und Vertrauen auf die Menschen gefunden haben. – Berthold wandte sich ihr mit einem offenen, freundlichen Blick zu. Dann sagte er: »Anna heißt du. Ja, der Name paßt zu dir, – so hätte ich dich auch genannt . . . Es ist gut so, daß du gekommen bist, Anna.«
Er trat zu ihr und ergriff mit festem Druck ihre Hand. »Willkommen!« sagte er, »Willkommen auf dem Kreuzhof, – auf deinem Hof! Ich habe ihn für dich verwaltet und umgetrieben. Jetzt bist du da, wo du hingehörst, und ich will dich nimmer fortlassen. Hier ist dein Platz, deine Heimat. Willst du, Anna?«
Da schlang sie beide Arme um seinen Hals und barg

ihren Kopf an seiner Brust. Lange standen sie so, und als sie sich von ihm löste, lächelte sie und wischte sich verschämt mit dem Handrücken über die Augen.
»Komm, setz dich zu mir!« sagte er. »Ich will noch etwas mit dir besprechen, bevor die anderen hereinkommen. – Es wird sich jetzt manches ändern bei uns. Du wirst dich hier einrichten, ganz so, wie es dir gefällt. Unsere gute Theres ist alt und hat so ihre Marotten, die müssen wir ihr halt abgewöhnen. Es muß alles anders werden hier, jetzt, wo du da bist. – Warum ich an dir und an deiner Mutter so gehandelt habe, kann ich dir nicht sagen. Frage mich deshalb auch nicht, denn ich müßte dir sagen, daß ich an diesem Handeln unschuldig war, und das würdest du mir nicht glauben. Deshalb wollen wir's vorläufig lassen, wie es ist, und ich werde mir Mühe geben, Anna, dich davon zu überzeugen, daß es so gut ist.«
Nach diesen Worten erhob er sich, ging zur Tür und riß sie mit einem Ruck auf, so daß die horchende Theres draußen bald vor Schreck auf den Rücken gefallen wäre. »Karl, – Theres!« rief er, »kommt beide herein!« Neugierig schoben sich der Knecht und die Alte in die Stube und blieben vor dem Bauern stehen.
»Da, seht sie euch an!« sagte er. »Das ist die Anna, meine Tochter; sie bleibt jetzt bei uns auf dem Hof.« –

Nun gabs in Bergdorf endlich wieder etwas zum Erzählen und Tuscheln! Der Kreuzhofbauer hatte, nur so unter der Hand, ein Kind bekommen und gleich ein hübsch ausgewachsenes. Ein strammes, sauberes Weib, – gewissermaßen als Weihnachtsgeschenk. Bald gingen die unglaublichsten Geschichten um. Die Phantasie der Klatschweiber trieb die tollsten Blüten. Wochenlang wurde erzählt, verhechelt und gelästert, besonders von alten und jungen Jungfern. Anders wars bei den Mannsleuten, vor allem bei den jüngeren. Sie beteiligten sich nicht an den anzüglichen und bösartigen Äußerungen über den Kreuzhofer und die Neue. Im Gegenteil; wenn sie am Sonntag das schöne Mädchen an Vaters Seite zur Kirche gehen sahen, folgten dem Paar bewundernde Blicke der Burschen, und gelegentlich auch ein vielsagendes Kopfschütteln oder ein verhaltenes Kichern. Ehe die Glocken schwiegen und das Präludium der Orgel tönte, waren hundert Augenpaare heimlich auf die Fremde gerichtet, die da vorne in der Frauenbank saß.
Auf dem Kreuzhof selbst war Lachen und Frohsinn eingekehrt. Die Anna war ein munteres Ding und der stille, gedrückte Ton, der sonst wie eine Last auf den Gemütern gelegen hatte, war einer heiteren und unbeschwerten Laune gewichen. Am meisten freute sich Rex. Mit der Anna im Hof herumzutollen, war

sein größter Spaß. Oder mit dem Kehrwisch in der Schnauze treppauf-treppab jagen – und die Anna immer hinter ihm her, in einem Tempo, daß man die alte Theres buchstäblich überrannte und sie vor Schreck das Kaffeegeschirr fallen ließ. Und keiner schimpfte; alles lachte.
Nur einer war stiller geworden, Karl, der Knecht. Der lag nachts in seiner Kammer und wälzte sich von einer Seite auf die andere. Wenn er dann wirklich am Morgen einschlief, träumte er von der Anna ... und jedesmal, wenn er so schön am Träumen war, klopfte der Bauer an die Tür, weil es Zeit war zum Aufstehen. Schon seit Wochen nahm er sich vor, mit ihr darüber zu reden; doch immer, wenn er sie allein erwischte, wurde er wirr und verlegen und schwätzte sinnloses Zeug. Dabei wollte er doch über ganz ernste Dinge mit ihr sprechen, aber je ernster er wurde, umso mehr mußte die Anna lachen. Das kränkte ihn, der sie liebte von dem Tage an, als er sie mit dem Schlitten aus Erschach hierhergebracht hatte. Damals war er noch so töricht zu glauben, es handle sich um eine neue Kreuzhofbäuerin; doch als er noch am selben Abend erfuhr, daß sie Aurachers Tochter war, fiel ihm ein Stein vom Herzen. Da fing der einfache Knecht an, sich in seiner Phantasie einen Wunschturm aufzubauen, der von Tag zu Tag höher wurde. Wie schön hätte er für seinen Planer werden

können, wenn ihm die Geliebte ein wenig entgegengekommen wäre; die aber begegnete seinen Annäherungsversuchen mit kalter Gleichgültigkeit, die ihm alle Hoffnung nahm.
Unglücklich, verdrossen ging er seiner Arbeit nach. Der Gedanke an das nahe Weihnachten, ließ ihn aber doch wieder hoffen und neuen Mut fassen. –
Nun läuteten die Glocken die Heilige Nacht ein. Aus allen Häusern kamen die Menschen im festlichen Kleid und stapften durch den frischgefallenen Schnee dem Kirchlein auf der Anhöhe am Ende des Dorfes zu. Auch von den umliegenden Höfen kamen sie, mit Laternen in der Hand, um sich in dem strahlendhellen Gotteshaus zur Christmesse zusammenzufinden. –
Die Männer im Kreuzhof waren daheim geblieben. Es gab noch so manches heimlich zu tun, solange die Frauen außer Haus waren. Karl hatte frühmorgens eine kleine Fichte im Wald gehauen und Anna hatte sie am Nachmittag mit bunten Glaskugeln und Flitterzeug geschmückt. Das Bäumchen stand auf der Kommode und der Bauer war dabei, die mit Tannenzweigchen gezierten Geschenke auszubreiten. Er war zum Einkauf mit dem Schlitten in Erschach gewesen. Für die Theres gab es ein Paar gefütterte Schuhe und eine Wolljacke; Karl erhielt ein Gärtnermesser, wie er es schon lange gewünscht hatte. Anna sollte

mit verschiedenen, in Seidenpapier verschnürte Päckchen überrascht werden. Die Männer steckten bunte Kerzen an den Baum und besahen wohlgefällig ihr Werk. Karl sah noch einmal nach dem Vieh, während der Bauer seinen gewohnten Platz am Fenster einnahm und hinausschaute. Die Gasse lag still. Es schneite. Nur hin und wieder sah er eine Gestalt geschäftig über den Weg huschen. In allen Häusern brannte Licht. Erwartungsvolles Schweigen lag über dem Dorf und den dunklen Wäldern, zwischen denen es eingebettet war.

Der Knecht war vom Stall zurückgekommen und hatte sich neben den Bauern ans Fenster gestellt. Da fingen die Glocken wieder an zu läuten; die Christmesse war zu Ende.

Als die Frauen in die Stube traten, zündete der Bauer die Kerzen am Weihnachtsbaum an. Dann setzten sich alle um den Tisch und Anna las die Weihnachtsgeschichte aus der Bibel vor. Als sie geendet hatte, verteilte der Hausherr die Geschenke. Jeder nahm seinen Teil entgegen ohne dabei viel Worte zu machen. Der Dank sprach mehr aus den Augen und dem Händedruck, wie es eben der Bauern Art war. Anna konnte sich nicht sattsehen an all den schönen Dingen, die aus den Paketen zum Vorschein kamen und strahlte vor Glückseligkeit. Sie trat zu dem Bauern hin, nahm seinen Kopf in ihre Hände und küßte ihn auf den Mund. Er nahm Anna väterlich in die Arme und hielt sie, von der heißen Liebkosung überwältigt, einen Augenblick fest umschlungen. Als sie mit großen dunklen Augen zu ihm aufblickte, gewahrte er, daß nicht nur Dankbarkeit aus ihnen sprach, – und auch er fühlte mit leisem Erschrecken, daß ein brennendes Verlangen nach dem jungen schönen Weib sein Herz höher schlagen ließ ... Da hob Rex, der an seinem Platz am Ofen geschlafen hatte, den Kopf, kam herüber und schmiegte sich zwischen die Füße der beiden, als wollte er sagen: Ich bin auch noch da.

Der Bauer hatte sich zuerst wieder gefangen. »Ich bin froh, daß ich es mit meinen Geschenken getroffen habe, Anna«, sagte er. »Machen wir kein Aufhebens wegen der paar Kleinigkeiten. Wem anders sollte ich denn eine Freude machen, als dir!«

Als sie sich an den Tisch setzten, ging Karl unbemerkt aus der Stube. Sie saßen noch eine Stunde bei Backwerk und Wein und unterhielten sich über dies und das. Berthold erzählte einige Jugenderlebnisse, über die Anna herzlich lachte. Sie vermied es aber, ihm in die Augen zu sehen. – Dann ging ein jedes in seine Schlafkammer.

Karl war vors Haus gegangen, um seine Pfeife auszurauchen. Die kühle Winterluft legte sich wie Balsam auf seine heiße Stirn. In den Häusern von Bergdorf

erloschen nach und nach die Lichter. Nur die Sterne funkelten am Himmel und der Knecht träumte sinnend hinauf. Er hatte sich den Verlauf des heutigen Tages anders vorgestellt . . . Vielleicht sollte er doch zuerst mit dem Bauern sprechen und dann erst mit ihr, aber jetzt waren die schönsten Gelegenheiten dazu wieder verpaßt. Eine Sternschnuppe glitt in weitem Bogen über den Nachthimmel. Er atmete tief auf und gab ihr einen innigen Wunsch mit. Dann klopfte er seine Pfeife aus und ging ins Haus.
In der Kammer Berthold Aurachers war noch Licht. Beide Fensterflügel standen weit auf und der Schein der Lampe drang hinaus auf den glitzernden Schnee. Denn der Bauer war nicht schlafen gegangen, er stand noch lange am Fenster und blickte sinnend in die heilige Nacht hinaus.

Anna fing langsam an, sich vor dem Knecht zu fürchten. Er ging jetzt oftmals am Abend hinunter ins Dorf zum Zellerwirt, zechte dort mit den andern Burschen und spielte Karten. Früher hatte er das nie getan. Das fiel nicht nur im Kreuzhof auf, sondern auch den Burschen selbst, und manch einer hänselte ihn, wenn er zu tief ins Glas gesehen hatte, und spielte auf die junge Kreuzhoftochter an, die ihm anscheinend schwer zu schaffen mache. Meistens kam Karl von solchen Abenden schwankend nach Hause, torkelte schimpfend über die schmale Stiege in seine Kammer hinauf und polterte mit seinen derben Stiefeln, daß das ganze Haus aufwachte. Einmal hatte er sich sogar in der Kammer geirrt. Anna hatte noch Licht und fuhr in ihrem Bett hoch. Karl blieb wankend unter dem Türrahmen stehen und maß sie geringschätzig mit einem grimmigen Blick. Dann brach er in ein unverschämtes Lachen aus und zischte: »Da staunst du, gelt? Hast gedacht, es sei der andere.« Dabei schlug er die Tür wieder zu und schlurfte in seine Kammer.

Anna hatte diesem Zwischenfall zunächst keine besondere Beachtung geschenkt; nachdem aber die ihr unverständlichen Anspielungen des Knechtes nicht aufhörten, stellte sie ihn eines Abends im Stall zur Rede.

Sie war gerade beim Melken und Karl schüttelte dem Vieh frische Streu auf. Der Augenblick schien ihr günstig, weil der Bauer zum Schmied gegangen war und ihn wollte sie unter allen Umständen aus der Geschichte heraushalten.

»Was ist eigentlich los mit dir?« fing sie an. »Was sollen deine fortwährenden Gehässigkeiten bedeuten?«

Der Knecht stemmte sich auf die Mistgabel und stellte sich breitbeinig vor sie hin. »Bedeuten?« sagte er spöttisch. »Hm ... nichts! Ich sage nur das nach, was sich die Leute hier im Dorf erzählen.« Ein verächtliches Lächeln spielte um ihre Mundwinkel. »Es wird schon etwas Gescheites sein, was sich die Tratschweiber zu erzählen haben«, entgegnete Anna. Er stierte sie lauernd an. »Es ist aber ganz interessant«, meinte er, »ich hab es zuerst auch nicht glauben wollen. Ich habe immer gemeint, der Bauer habe sich ein erwachsenes Kind angenommen, – jetzt weiß ich mehr.«

Anna wurde unsicher. »Was willst du damit sagen?«

Der Knecht lächelte: »Ich will damit sagen, daß ich mir die Kindsliebe anders vorgestellt hab.«

»Und was so ‚Besonderes' soll dahinter stecken?«

»Haha! Etwas besonderes wirds doch wohl sein, wenn sich Vater und Tochter wie ein Liebespaar geben.«

»Soll ich mir von dir etwa vorschreiben lassen, wie ich mit meinem Vater umzugehen habe?«

Jetzt ging der Knecht aufs Ganze. Höhnisch warf er ihr die Worte ins Gesicht: »Wenn er dein Vater ist, kann es mir egal sein, – die Leute im Dorf sind anderer Meinung.«

Anna stand wie vom Schlag gerührt und aus ihrem Gesicht war alle Farbe gewichen. Sie tat einen Schritt zur Seite und sah ihn mit einem Blick voller Haß und Verachtung an. »So einer bist du?!« schrie sie ihn an, »der dem Geschwätz der Leute mehr glaubt als sei-

nen eignen Augen, – und so einer lebt unter unsrem Dach!«
Da merkte der Knecht, daß er in seiner blinden Eifersucht zu weit gegangen war und schlug einen milderen Ton an.
»So hab ich's nicht gemeint, Anna; verzeih mir die harte Rede ... Aber wenn man so übergangen wird wie ich, und wenn die andern dauernd auf einen einreden, dann weiß man zuletzt nicht mehr, was man glauben soll.«
»Man soll das glauben, was wahr und recht ist und was man sieht!« antwortete Anna.
Der Knecht versuchte ihre Hand zu fassen, aber sie entzog sie ihm und wandte sich ab.
Da schrie er sie an: »Was ist denn recht? Wenn einer die Liebe des andern mit Füßen tritt und sich noch darüber lustig macht? Ihm aus dem Wege geht, wo er kann, und so tut, als ob ihn das alles gar nichts anginge? Ist das recht? Du sagst: glauben, was man sieht. Was sehe ich denn? Ich sehe, daß ich zugrunde gehe, wenn dieser Zustand kein Ende nimmt. Ich weiß, daß ich nicht mehr klar denken kann, daß ich ein anderer Mensch geworden bin, seit du auf dem Kreuzhof bist und mir den Kopf wirr gemacht hast. Und wenn ich zu dir komme, um mit dir darüber zu reden, läufst du davon und hängst dem anderen nach! Aber jetzt sollst du's wissen, Anna: Es geht nicht um

den andern, den Bauern . . . hier geht es um dich und mich!«
Anna hatte sich empört umgewandt und sah zu ihrem Entsetzen zwei Augen auf sich gerichtet, in denen Flammen der Gier und der Leidenschaft aufloderten. Er stand ganz dicht vor ihr und griff nach ihren Armen, um sie gewaltsam an sich zu reißen. »Ich lieb' dich, Anna!« schrie er, »und kein anderer, – und mir gehörst du. Er hat kein Anrecht auf dich, wenn er dein Vater ist.« Das Mädchen wehrte sich verzweifelt gegen die Umklammerung, aber der Mann schien wie von Sinnen. Preßte sie mit wilder Kraft an sich und suchte ihre Lippen. »So wie der andere!«, keuchte er und sein heißer Atem streifte ihre Wangen. Mit aller Kraft rang sie gegen den Wahnsinnigen, den ihr Widerstand um den letzten Rest seiner Beherrschung gebracht hatte. Sie stemmte ihm die Fäuste ins Gesicht, flehte ihn an, von ihr abzulassen; aber sein tierisches Verlangen verlieh ihm Riesenkräfte, gegen die sie machtlos war. In ihrer Angst und Verzweiflung stieß sie einen gellenden Schrei aus. – Da wurde die Stalltür aufgerissen und in ihrem Rahmen stand mit bleichem, unbeweglichen Gesicht der Bauer.
Wie vom Donner gerührt hatte Karl von seinem Opfer abgelassen. Anna hatte sich abgewandt und weinte still in sich hinein. Der matte Schein der Stallater-

ne fiel auf des Bauern Gesicht. Starr, wortlos hielt er den Blick auf den Knecht gerichtet. Dann trat er einen Schritt zur Seite und gab die Tür frei. Ohne ein Wort schlich der Knecht hinaus. – Noch am selben Tag schickte ihn der Bauer vom Hof.

Die Märzsonne hatte die letzten Schneespuren von den Dächern gewischt; nur auf den Feldern und am Waldrand lagen noch vereinzelte weiße Streifen. Um die jungen Birken flatterten zartgrüne Schleier. Die ersten Schneeglöckchen, Anemonen und Leberblümchen reckten ihre weißen und blauen Köpfe in die Sonne, die ungehindert durch das noch kahle Gezweig brach.

Vom nahen Waldrand herab zog sich ein langes Ackerfeld mit starkem Gefälle bis zu dem durch die Fluren sich schlängelnden Fahrweg. Mit aller Kraft stemmte sich der Fuchs ins Geschirr und zog die Egge über die Schollen. Berthold Auracher ging gemessenen Schrittes hinter ihm her. Der frische Märzwind strich im kühlend um die Stirn, gewürzt vom Duft des jungen Grases und der umgepflügten Erde. Droben auf der Höhe ließ er das Tier verschnaufen und sah prüfend über den Acker hin. Eine Stunde noch, dann war die Arbeit getan. Am Nachmittag konnte er auch mit dem großen Talacker fertig werden.

Josef, der neue Knecht, den Berthold nach Karls Weggang eingestellt hatte, ließ sich gut an, aber die Hauptarbeit lastete doch auf dem Bauern selbst.
Anna ging still und umsichtig ihrer hausfraulichen Pflicht nach und fühlte sich glücklich. Der Bauer hatte sie mit väterlicher Wärme auf seinem Hof aufgenommen, und die anfängliche Erbitterung über sein Verhalten der toten Mutter gegenüber war im Lauf der Zeit einer aufrichtigen Zuneigung gewichen. Sein ausgeglichenes Wesen und die Art, wie er sich um sie kümmerte und um sie besorgt war, ließen sie fast mit Verehrung zu ihm aufblicken und den Kreuzhof zu ihrer Heimat werden.
Ob das, was sie für den Mann Berthold Auracher empfand über das gewöhnliche Maß der Kindesliebe hinausging, darüber hatte sie sich bisher nie Gedanken gemacht. Sie liebte ihn einfach und gehörte ihm. – Wie alle Mädchen machte sie sich am Sonntag schön, und sie tat es nur für ihn. Schneiderte sie sich ein neues Kleid, fragte sie sich, ob es ihm wohl gefallen werde . . . Doch ab und zu beunruhigte sie der Gedanke, daß er einmal heiraten könnte; dann lag sie stundenlang wach in ihrer Kammer. Eines wußte sie: daß er für sie alles bedeutete und daß sie ihn von Herzen gern hatte. Was das für eine Liebe war, ob sie ihr zustand oder nicht, darüber hatte sie nie nachgedacht. Und nun war dieser Knecht gekommen,

wollte brutal ihre Liebe erzwingen und Bertholds Ehrlichkeit bezweifeln!

Selbst wenn es so war, wie er sagte: wenn es um Berthold Auracher ein Geheimnis gäbe, wenn er nicht ihr Vater wäre? Durfte sie ihn dann nicht erst recht lieben? Wer sollte sie daran hindern? Wenn er es wollte, konnte er sie sogar zu seinem Weibe machen.

Karl hetzte in den Wirtshäusern gegen den Kreuzhof. Seit ihn der Bauer vom Hof gewiesen, war er nur gelegentlich in der Umgebung als Waldarbeiter beschäftigt und kam dann meistens am Sonntag nach Bergdorf herüber, um dort mit seinen alten Freunden zu trinken. Das gab viel Gerede und die alte Theres brachte böse Gerüchte nach Haus. Dann lief Anna mit verweinten Augen herum und der Bauer wurde noch schweigsamer, als er es ohnehin schon war. Man sah ihm in letzter Zeit wieder an, daß er eine Last auf seiner Seele trug; Anna aber wagte es nicht, ihn nach seinem Kummer zu fragen.

Nur über eines war sie sich im klaren: Seit Karl gegangen war, hatte der Kreuzhof einen Feind. Und Berthold Auracher sollte dies bald erfahren. –

Zum Kreuzhof gehörte auch ein Stück Wald, in dessen Bereich sich ein ehemaliger Steinbruch befand, von dessen Existenz nur noch eine 6 Meter tiefe Grube zeugte. An ihrer tiefsten Stelle hatte sich in der Grube ein kleiner Tümpel gebildet, in dem sich Kröten, Frösche und Lurche angesiedelt hatten. An seinen Ufern breiteten sich Schilfgras und Schlinggewächse aus, die mit der Zeit eine undurchdringliche Wildnis schufen. Über die Steilwände herab wucherte niedriges Gehölz und verkrüppeltes Strauchwerk, dem der Bauer eines Tages kurzerhand mit Axt und Säge zu Leibe gehen wollte. Er war in den frühen Morgenstunden hinausgegangen und mochte wohl eine Stunde gearbeitet haben, als plötzlich ein Gewitterregen einsetzte, der zusehends stärker wurde und ihn schließlich zwang, die Arbeit zu unterbrechen und irgendwo Schutz zu suchen. Er nahm sein Geschirr auf und hockte sich unter einen vorspringenden Felsblock, um das Ende des Regens abzuwarten. Ein lauer Wind strich über die Baumwipfel und das Wasser tropfte auf den Teich, Millionen kleine Kringel bildend, die sich zu weiten Kreisen auswellten. Hie und da sprang ein Frosch klatschend ins Wasser. Der Bauer saß so eine gute Weile. Da hörte er in seiner Nähe ein verdächtiges Geräusch. Es klang wie das Knacken von Zweigen, so als ob jemand einem Wild nachspüre. Er stand auf und horchte gespannt. Da brach mit einem mal ein wahres Donnerwetter über ihm los. Äste krachten, handgroße Steine rollten über die Steilwand herab, die Erde kam ins Rutschen und ein riesiger Steinblock fiel über die Felsplatte hinweg in den Teich.

Berthold Auracher hatte sich dicht an die Wand gedrückt. Vorsichtig, auf allen Vieren, kletterte er an der Steilwand hoch. Da vernahm er wieder dieses verdächtige Krachen im Holz, zog sich an einer Baumwurzel hoch und sah gerade noch eine gebückte Männergestalt im Dunkel des Waldes verschwinden. Da wußte der Bauer, wem er diesen seltsamen ‚Gruß' zu verdanken hatte. Ein verständnisvolles Lächeln spielte um seine Mundwinkel und in seine Stirn grub sich eine tiefe Falte. Er verspürte keine Lust mehr, weiterzuarbeiten, nahm das Geschirr auf die Schulter und machte sich auf den Heimweg.
Zu Haus erwähnte er von dem Vorfall kein Wort. Doch in der Nacht lag er lange wach und starrte zur Kammerdecke hinauf. Der Mond stand vor dem Fenster und warf sein bleiches Licht herein. Zuletzt ließ ihn die Müdigkeit, die ihm in den Gliedern lag, in Halbschlaf sinken. Wirre Traumbilder schreckten ihn wieder auf. Stöhnend wälzte er sich von der einen Seite auf die andere. Dann riß er die Augen auf und glaubte ein Gesicht am Fenster zu sehen . . . Anna! Jetzt sah er ihr Gesicht ganz deutlich. Er wollte sich im Bett aufrichten, ihr die Hände entgegenhalten, um sie schützend in seine Arme zu schließen . . . Da verwandelte sich ihr Gesicht – gräßlich verzerrt – in das des toten Berthold Auracher. Der brutale Mund öffnete sich und deutlich hörte er die Worte:

»Gib mir mein Leben zurück – das gestohlene Leben! Anna ist mein Kind! Meines!« Zwei lange dürre Hände griffen durchs Fenster, kamen bis an sein Bett und wollten nach ihm greifen. Er stöhnte, stieß einen Schrei aus und sprang auf. Er machte Licht, zog Hose und Kittel an und ging hinaus auf den Hof. Rex kam ihm freudig wedelnd entgegen und leckte ihm die Hand. Berthold fuhr ihm ein paarmal über das zottige Fell. Dann öffnete er die Stalltür und machte Licht. Der Fuchs wandte den Kopf, als der Bauer auf ihn zu ging, sich mit beiden Händen an seiner Mähne festhielt und den Kopf müde an seinen warmen Hals lehnte. – Als Berthold sich umwandte, stand Anna vor ihm. Sie hatte Licht im Stall gesehen und war heruntergekommen, weil sie dachte, es könnte etwas nicht in Ordnung sein mit den Kühen.
Da stand der Bauer, regungslos, bleich, wie um Jahre gealtert. Im Innersten erschüttert trat Anna zu ihm, nahm seinen Kopf in beide Hände und legte ihre Wange an die seine. – Dann ließen sie sich auf einem Strohbund nieder. Sie hielt seine Hände, drang mit keinem unnützen Wort in ihn, und er war ihr dankbar dafür. Kein Wort fiel zwischen ihnen; umso inniger waren sie in ihren Herzen vereint. So saßen sie, bis der neue Tag anbrach und zur Arbeit mahnte.

Bei Eggenbruch, vierzehn Kilometer von Bergdorf

entfernt, hatte man einen schaurigen Fund gemacht. Eine Gruppe Waldarbeiter, der auch Karl angehörte, hatten neben einem morschen Tannenstumpf einen Toten ausgegraben. Das Kreisblatt berichtete ausführlich über den Vorfall. Die ganze Gegend war in Aufregung. Allem Anschein nach war der Mann ermordet worden. Die Polizei fahndete nach eventuellen Angehörigen des Toten, dessen Papiere man unversehrt bei ihm gefunden hatte. Jeder, der den Namen Heinrich Zach schon einmal gehört habe oder etwas über die Person aussagen konnte, wurde aufgefordert, sich zu melden.
Was war das für eine schreckliche Zeit! – heute noch, nachdem man die Grauen und Schrecken des großen Krieges langsam überwunden hatte.
Die amtlichen Erhebungen ergaben, daß der Mann hier fremd war, nirgends Anverwandte hatte. Das Gerede verstummte nach und nach; die Feldarbeit nahm die Dorfbewohner in Anspruch. Es war Sommer geworden und die Ernte stand vor der Tür.
Um die alte Theres zu entlasten, hatte der Kreuzhofbauer noch eine junge Magd, die Ev, eingestellt; ein fleißiges, braves Ding aus dem Dorf. Seit sie da war, ging der Jungknecht kaum einmal vom Hof weg. Jetzt hatte auch er nach Feierabend eine Ansprache. Sie verstanden sich gut, die beiden. Nun war die Familie auf fünf Leute angewachsen, die einträchtig für

das Hofwesen arbeiteten. Alles in Haus, Stall und Scheune war in bester Ordnung. Man mußte es – das gaben die meisten im Dorf zu – dem Kreuzhofbauern lassen: er verstand sich auf sein Sach und hatte in wenigen Jahren aus dem etwas verkommenen Anwesen einen ansehnlichen Hof geschaffen . . . Wenn man nur mit ihm als Mensch hätte warm werden können. Aber er blieb, wie er einst gekommen war, fremd, verschlossen, unzugänglich, versessen in seine Arbeit.

Was nun, nachdem man im Wald draußen den Toten gefunden hatte, in ihm vorging, konnte niemand ahnen . . . daß ihm keine Hoffnung mehr blieb, daß ihm die Welt zusammenbrach. Was er sich über Jahre hin immer wieder zu seiner Entschuldigung eingeredet hatte, war nichtiger Selbstbetrug gewesen. Er hatte sich selbst umgebracht. Sein Leben war gestohlen; der, dem es gehörte, war nicht tot . . . Zu jeder Stunde stand er vor ihm . . . Und Anna? Wie sollte das mit Anna werden, die er mit ehrlichem, heißen Herzen liebte, – er, der Heinrich Zach. Soll sie weiterhin seine Tochter bleiben, oder sollte er das Kind zu seinem Weib machen? Zu spät. Zwischen ihnen stand die zutag gebrachte Tat . . . eine Schuld, die beglichen werden mußte, jetzt oder später. Noch konnte er sich den Weg selbst wählen zur Sühne. – Als er abends am gedeckten Tisch saß, mußte er sich, der andern wegen, zum Essen zwingen. Es litt ihn nicht zu Hause. »Ich muß noch ein wenig hinaus!« sagte er zu Anna und griff nach Stock und Hut. Rex erhob sich gleich vom Ofenplatz und sah seinen Herrn fragend an. »Ja, komm mit!« sagte er und zog die Tür hinter sich zu.

Der Zellerwirt hatte die Stube voll mit Sonntagsgästen. Die meisten hatten die Röcke ausgezogen und über die Stuhllehne gehängt. Der Kreuzhofbauer ging auf den Tisch zu, an dem bereits mehrere Bauern saßen. Rex hatte herumschnuppernd Karl, den einstigen Hofknecht, entdeckt, der abseits mit einigen Kameraden zechte. – »So, Kreuzhofbauer, gehst auch einmal aus?« meinte bei der Begrüßung der Bachhannes, sein frisch gefülltes Glas umfassend, während Berthold Auracher einen Stuhl vom Nebentisch holte und zwischen die Bauern schob. Jetzt erst bemerkte er die Burschen in der Ecke und Karl, der dem Alkohol schon gut zugesprochen hatte. Über das Gesicht des Bauern ging ein ärgerliches Zucken; am liebsten wäre er wieder gegangen. Energisch ruckte er seinen Stuhl so zurecht, daß er den Burschen den Rücken zukehrte. Nervös trommelte er mit der Rechten auf der Tischplatte, bis ihm der Zellerwirt einen vollen Krug brachte, mit dem er den Männern Bescheid tat. Aber das Bier schmeckte nicht, zumal er mit ansah, daß der Hund sich von Karl streicheln ließ. Auch die Burschen bemerktens, und einer meinte anzüglich: »Du Karl, das ist der einzige auf dem Kreuzhof, der dich nicht vergessen hat!« Auf ihr lautes Lachen hin wurde man auch am Bauerntisch aufmerksam. Karl griff zu seinem vollen Schnapsglas und leerte es auf einen Zug. Dann sagte er, nach dem Altentisch schielend: »Der Rex hört auf keinen andern, wenn ich da bin!« Dabei blickte er dem Kreuzhofbauern, der sich nach ihm umgedreht hatte, frech und herausfordernd ins Gesicht. »Mach ein Exempel!« riefen die andern Burschen und musterten gespannt den Kreuzhofer, ob der sich wohl auf das Duell einlassen werde. Der Bauer wandte sich schweigend um und trank einen kurzen Zug. Es gab ihm einen schmerzhaften Stich, den Hund, der sonst nie von seiner Seite wich, mit dem Knecht gut Freund zu sehen. War er sicher, daß er seinem Anruf folgte? Vielleicht blieb er bei dem, den er schon lange Jahre kannte und der ältere Rechte auf seine Anhänglichkeit hatte. Mit zusammengepreßten Lippen saß der Kreuzhofer vor dem halbleeren Krug, den seine Finger krampfhaft umspannten... Sein ganzes Dasein, sein gespieltes Leben kam ihm wieder zum Bewußtsein. Er war weder der rechtmäßige Bauer vom Kreuzhof, noch hatte er eine Tochter. Er lebte ein ordentliches Leben und war doch ein Schuldbeladener. – Da saß er in der dumpfen Gaststube, Mißtrauen und schlecht verhaltener Schadenfreude ausgeliefert. Er schob den Stuhl zurück, legte fünfzig Pfennig auf den Tisch und langte nach Stock und Hut. Knurrend riß sich Rex von Karls Hand los, der ihn am Halsband festhalten wollte, und folgte seinem Herrn.

Als Theres noch zu später Stunde drunten in der Wohnstube sprechen hörte, kam sie barfuß im Nachthemd die Stiege heruntergeschlichen, um auszukundschaften, wen der Bauer da noch mitgebracht habe. Sie legte ein Ohr an die Türfüllung und horchte konnte aber aus dem Geschwätz drinnen nicht klug werden. Sie guckte durchs Schlüsselloch – und mußte mit beiden Fäusten den Mund zuhalten, damit sie ihrem Erstaunen nicht Luft machte: der Bauer saß am Tisch und neben ihm der Hund, dem er von einer Rauchwurst Scheibe um Scheibe abschnitt und ihm dabei mit Lob- und Schmeichelworten zusprach, tüchtig zuzulangen. Kopfschüttelnd stieg die Alte wieder in ihre Kammer hinauf und brummelte mürrisch vor sich hin: »Von Tag zu Tag wird er komischer! Wenn das der Vetter selig wüßt, würde er sich im Grab umdrehen!« Drin blies sie die Kerze aus und verkroch sich unter die Bettdecke.

In der dunkeln Kammer nebenan stand Anna am Fenster hinter der Gardine und sah auf die Gasse hinunter, wo sich ein Bursche in den Schatten des Heuschuppens gestellt hatte und dauernd zu ihrem Fenster emporstarrte. Als einige Männerstimmen zu hören waren – wohl von den letzten Gästen, die vom Zellerwirt heimgingen – drückte er sich um die Ecke und verschwand im Dunkel. –

Am nächsten Morgen klopfte der alte Weckerle laut an den Fensterladen im Kreuzhof. Theres sah hinaus. Der Bürgermeister lasse dem Bauern sagen, er solle noch heute vorbeikommen; er müsse etwas Wichtiges mit ihm besprechen. Auf die neugierige Frage der Theres zuckte der Büttel die Schultern und meinte, es sei wohl wegen der Sache damals im Eggenbrucher Wald. Berthold Auracher wich das Blut aus dem Gesicht, als die Theres in den Stall kam und ihm die Botschaft ausrichtete. Er fing sich aber gleich wieder nach dem Schock und antwortete leichthin: »Ist recht. Wann ich hier fertig bin, gehe ich hinüber.«

Die Alte blieb noch eine Weile unter der Stalltür stehen, dann schlurfte sie ins Haus zurück.

Gewiß geht sie jetzt zu Anna, um ihr alles brühwarm zu erzählen, dachte der Bauer . . . Was die Theres in letzter Zeit für ein mißtrauisches Gehabe an den Tag legt! Sie wie die andern alle. – Er lehnte sich gegen die Stallmauer und überlegte. Was kam auf ihn zu? Wen hatte er zu fürchten? Wann kam einer, irgendeiner und stellte an ihn die Frage: »Bist du Berthold Aura-

cher? Kannst du's beweisen?« . . . Vielleicht gleich nachher der Bürgermeister?
Da ging die Stalltür auf und Josef kam herein, um den Fuchsen einzuspannen.
»Ich geh schnell nüber aufs Rathaus«, sagte der Bauer. »Nicht daß man mich unnötig sucht, wenn was los ist.«
Der Knecht sah ihn verständnislos an und fragte: »Was soll denn los sein? Etwas Besonderes?«
»Nicht daß ich wüßte!« erwiderte der Bauer und verließ den Stall. Der Knecht schüttelte den Kopf und sah ihm mit besorgter Miene nach. Die Ev kam mit dem Milcheimer über den Hof und bot dem Bauern den Morgengruß. Er achtete nicht drauf und ging mit gesenktem Kopf an ihr vorbei. »Was ist denn los mit ihm?« fragte sie den Josef. »Nichts besonderes«, sagte er und stieß die Gabel in den Mist.
Von Anna, die in der Stube beschäftigt war, erbat der Bauer ein frisches Hemd und sein Sonntagszeug. Er müsse geschwind aufs Rathaus, der Bürgermeister habe ihn vorhin rufen lassen, erklärte er so nebenhin. Doch Anna kannte ihn und spürte die innere Unruhe hinter seiner Wortkargheit. Was mochte nun wieder los sein? . . . Berthold nahm es wortlos hin, daß Anna ihn bis zum Tor begleitete. Auch Alex rannte herbei. »Mußt dableiben, kann dich heut nicht brauchen!« sagte er und ging zum Hof hinaus. –

Als sie beim Mittagessen saßen, kam der Bauer zurück, war guter Laune und erzählte lachend, aus welchem Grund der Bürgermeister ihn hatte rufen lassen. Natürlich stecke der Karl wieder dahinter, sagte er, und die Sache sei die: Der hatte am Sonntagabend beim Zellerwirt etliche Kirschwasser zuviel getrunken und in seinem Zorn, den er auf seinen einstigen Herrn habe, sein Lästermaul laufen lassen. Unter anderem hatte er behauptet, wenn man etwas über den Toten im Eggenbrucher Wald erfahren wolle, brauche man nur den Kreuzhofbauer zu fragen, der wisse mehr darüber. – Der Bürgermeister – fuhr der Bauer fort – habe sich aber gleich gedacht, daß das nur dummes Geschwätz sei und habe dem Burschen sein gehässiges Mundwerk verboten.

»Ihr solltet ihn vors Gericht bringen!« sagte die Theres. Doch davon wollte der Bauer nichts wissen; er nehme die Sache nicht so ernst, entgegnete er.

»Der ärgert sich halt, daß ihn der Bauer rausgeschmissen hat!« meinte der Josef und schöpfte sich den Teller wieder voll. – Nur Anna saß schweigend da. In ihr war die Erregung vom Morgen noch nicht abgeklungen; der Schreck lag ihr noch in den Gliedern. Sie achtete nicht drauf, was weiter noch geredet wurde.

In ihren Gedanken ging sie mit sich selbst ins Gericht und empfand es unrecht Berthold gegenüber, immer etwas zu ahnen und zu fürchten, was es am Ende gar nicht gab. War es nicht vielmehr ihre Pflicht, statt des dauernden Zweifelns an ihn zu glauben, der ihr immer nur Gutes getan und ihrem Leben erst einen Sinn gegeben hatte? Sie gelobte zu dieser Stunde, nie wieder wankend zu werden in ihrem Vertrauen und sich durch nichts irren zu lassen, was es auch sein möge.

Nachdem der Bauer das Dankgebet gesprochen, erhob er sich und ging in den Hof hinaus. Als Anna den abgeräumten Tisch abwischen wollte trat der Bauer mit einem bärtigen Bettler in die Stube. »Du hast bestimmt noch etwas übrig vom Mittagessen, Anna«, sagte er und hieß den Mann auf der Fensterbank Platz nehmen. Er setzte sich ihm gegenüber und unterhielt sich mit ihm, als ob er ihn schon lange kenne und sein eigener Bruder wäre, forderte ihn auf, tüchtig zuzulangen; geröstete Leberspätzle sei auch sein Leibessen. Die alte Theres machte ein böses Gesicht dazu, die Mutter Gottes aber lächelte aus dem Bild an der Wand milde zu den beiden herab.

In der Hauptstadt war die große landwirtschaftliche Leistungsschau eröffnet worden, zu deren Besuch die Bevölkerung aus nah und fern aufgerufen wurde. Auch die Bergdorfer Bauern, soweit sie es sich leisten konnten, fuhren hin, um sich über das Neuste, das es auf dem Markt gab, zu orientieren. Der Kreuzhofbauer hatte schon lange mit dem Gedanken gespielt, einen Motorpflug anzuschaffen. Er dachte zuerst den Knecht mitzunehmen; als er aber bemerkte, wie sehr sich Anna für diese Ausstellung interessierte, sagte er nach dem Abendessen: »Morgen fahren wir in die Stadt, die Anna und ich.« Die Theres staunte mit großen Augen, daß der Bauer das doppelte Fahrgeld ausgeben wollte. Auch Anna hätte nie gedacht, daß der Bauer sie mitnehmen würde, und ließ ihn ihre Freude merken.

Früh am Morgen brachte sie der Knecht auf dem kleinen Leiterwagen zur nächsten Bahnstation. »Mit dem Abendzug kommen wir zurück. Sei pünktlich da!« sagte der Bauer.

Anna fuhr zum erstenmal in ihrem Leben mit der Eisenbahn. Sie saß am Fenster und sah draußen Bäume, Wälder und Felder und Dörfer vorbeifliegen. Hin und wieder streifte ihr Blick den Bauern, der ihr stumm gegenüber saß und sich an ihrem Glück freute. Immer näher kamen sie der großen Stadt. Über Brücken und unter Brücken fuhren sie vorbei an Fabriken und Hochhäusern. Zur Seite Autos und Straßenbahnen auf breiten geteerten Straßen. In einer mächtigen Bahnhofshalle hielt der Zug. Die Reisenden drängten aus den Wagen und durch die Menge der Wartenden auf dem Bahnsteig. Anna hielt sich

dicht an Aurachers Seite. Väterlich nahm er sie bei der Hand und führte sie durch das Gedränge dem Ausgang zu.
Sie gingen stadteinwärts und kamen nur langsam voran, denn Anna blieb vor jedem Schaufenster stehen und betrachtete bewundernd die Auslagen. Berthold lächelte vor sich hin und es wurde ihm nicht zuviel, immer wieder stehen bleiben zu müssen. War er doch froh, Anna glücklich zu sehen.
Auf dem Ausstellungsgelände war kaum ein Durchkommen. Träge wälzte sich die Menschenmasse durch die Hallen. Aus den Bierzelten schmetterten Musikkapellen, Lautsprecher gaben Suchmeldungen nach vermißten Kindern durch, Karussell- und Schiffschaukelorgeln tönten durcheinander.
Anna und Berthold ließen sich geduldig durch die Halle treiben, in der die modernen Landmaschinen ausgestellt waren. Auf einem weiten Feld vor der Halle wurden Maschinen in der Praxis gezeigt.
Als sie einen Motorpflug vorgeführt bekamen, war Berthold sehr beeindruckt von der Leistung dieses Geräts und seiner mehrfachen Verwendbarkeit. Er nickte Anna anerkennend zu und sagte: »Wir hätten den Josef mitnehmen sollen, damit er hätte sehen können, was man mit einem Pferd nicht zuweg bringt.« – Während sie so standen, legte sich plötzlich von hinten eine kräftige Männerhand auf seine

Schulter: »Ja was seh ich! Zach! Heinrich Zach!!« Der Bauer war nicht fähig, sich nach der Stimme umzusehen. Für einen Moment schloß er die Augen und wankte unter der Hand, die auf seiner Schulter lag. Dann schob der Mann die Umstehenden beiseite und stand vor ihm. Auracher sah ihn an, – aber er sah alles verschwommen und wie im Kreis sich drehend. »Kennst mich nimmer?« fragte der Bärtige ... Smolensk – Charkow! Sturmbataillon Körner, zwote Kompanie?«

Bertholds Gesicht verzog sich zu einer schmerzlichen Grimasse. – »Charkow? – Ja – doch«, lallte er tonlos, während ihm der andere die Hand schüttelte.

Als Berthold sich wieder gefangen hatte, wandte er sich zu Anna: »Ein Kriegskamerad – auch einer, der mit Glück davonkam. Ich muß ein Glas mit ihm trinken. Wart hier so lange auf mich!« Und ohne Annas Antwort abzuwarten, drängte er seinen Kameraden dem Bierzelt zu.

Die Vorführung der neusten Maschinen war beendet. Die Neugierigen hatten sich verlaufen; nur Anna stand noch wartend auf dem leeren Platz. Nach einer Viertelstunde sah sie Berthold aus dem Zelt treten. Er sah sie gleich. Sie war bleich und ihre Augen ohne den gewohnten lebendigen Glanz ... Ob ihr aufgefallen war, daß ihn der Kamerad mit einem andern Namen angesprochen hatte? Ob sie die Wirkung

wahrnahm, die dieser Anruf bei ihm hervorgerufen hatte? – Anna lächelte, als sie ihn auf sich zukommen sah. Aber es entging ihr nicht, daß etwas besonderes mit ihm geschehen sein mußte; er hatte einen eigenartig starren Blick, sein Gesicht war gerötet, sein Gang etwas unsicher. Wortlos ergriff er Annas Hand und verließ mit ihr das Ausstellungsgelände.
Im Zug nickte er nach kurzer Zeit ein; aber sein Schlaf war unruhig. Einigemal atmete er in raschen Stößen, drehte den Kopf hin und her, als sähe er sich nach einem um, der hinter ihm her war. – Endlich hielt der Zug auf ihrer Station. Josef wartete schon mit dem Wagen, und in einer halben Stunde waren sie daheim.

Es war ein hartes Stück Arbeit gewesen, in diesem Jahr die Ernte unter Dach und Fach zu bringen. Sie hatten sich alle redlich abplagen müssen und man mußte anerkennen, daß Anna eine wirkliche Bäuerin geworden war. Ganz selbstverständlich und mit Freude hielt sie das Hauswesen in Ordnung und half auch auf dem Feld mit, wo immer es nottat. – Vor den Augen der andern sorgsam behütet, wuchs in ihrem Herzen die Liebe zu Berthold, und ein stilles Glück erfüllte sie. Nur wann sie für Stunden allein war und in der Nacht in ihrer Kammer lag, tauchten die Erlebnisse, die den aufgefundnen Toten und die seltsame Begegnung mit jenem Kriegskameraden betrafen, vor ihr auf. Das rätselhafte Dunkel über Bertholds Vergangenheit beunruhigte sie. Sie spürte: eine unbekannte Gefahr umlauerte und bedrohte ihn, und ihr Herz zitterte vor der Wahrheit, die sie eines Tages erfahren und die sie selbst vielleicht vom Kreuzhof vertreiben würde. – Wann aber die Tagesarbeit wieder anfing und er in seiner schweigsamen, sichern Art um sie her beschäftigt war, verflogen alle Bedenken und Zweifel. Sie fühlte, daß es keiner Worte zwischen ihnen bedurfte, um zu zeigen, daß sie zueinander gehörten. Das Schicksal hatte sie zusammengeführt und band sie für alle Zeit an den geliebten Mann. –

An einem schönen Herbsttag ging Anna von einem entlegenen Maisfeld allein nach Hause. Sie wählte einen kleinen Umweg durch den in allen Herbstfarben leuchtenden Wald und setzte sich für eine Weile an einen sonnigen Platz am Waldrand. Von hier aus war das ganze Tal zu überschauen, mit den weitgedehnten Wiesen und Ackerbreiten und den Dörfern, deren spitze weiße Kirchtürme über die roten Dächer ragten. Anna war lange in die Betrachtung der ihr zur Heimat gewordenen Landschaft versunken ... Da hörte sie Schritte im raschelnden Laub des Waldwegs und als sie aufschaute, stand Karl vor ihr. Sie erbleichte vor Schreck. Was wollte er hier? Hatte er eine Gelegenheit ausgekundschaftet, bei der er sie allein treffen konnte? Ohne zu fragen ließ er sich neben ihr im Gras nieder. »Gut, daß man sich wieder einmal trifft«, sagte er. »Es gibt, meine ich, noch einiges zwischen uns zu besprechen.«

»Ich wüßte nicht, was wir uns noch zu sagen hätten«, erwiderte Anna gleichgültig.

»Damit wir einmal fertig werden miteinander, meine ich.«

»Was mich angeht, sind wir's, seitdem du nicht mehr bist, der du warst.«

Karl spielte mit einer Haselgerte, die er, wie um seinen Worten Nachdruck zu verleihen, gegen den Stiefelschaft schlug. »Wer ist heute noch der, der er einmal war«, sagte er spöttisch, – »keiner von uns, glaub ich . . . nicht einmal der Kreuzhofbauer.«

Anna fuhr auf und sah ihn scharf an. »Was willst du damit sagen?!«

Karl grinste hämisch, griff in seine Rocktasche, zog ein altes Soldatenphoto heraus und hielt es ihr vors Gesicht. »Da, schau her!« sagte er. »Hier sieht er doch ganz anders aus, der . . . Berthold Auracher.«

Anna erbleichte, – kein Zweifel, der Mann in der abgetragenen Militärmütze auf dem Bild war der Kreuzhofbauer.

»Wie kommst denn du zu diesem Bild?« fragte sie mit gespielter Gleichgültigkeit.

Sein Mund verzog sich zu einem widrigen Lächeln: »Da gäbe es doch sicher noch einiges zu jener dunklen Geschichte zu erzählen, – meinst du nicht auch? Du kennst ja die Geschichte . . . oder hat man auf dem Kreuzhof nichts davon zu hören bekommen?«
»Das Bild gehört nicht dir!« schrie Anna ihn an.
Er weidete sich an der Angst, die aus ihren Augen sprach. »Stimmt!« höhnte er. »Eigentlich sollte ich es der Polizei übergeben, samt der Brieftasche, in der ichs gefunden habe . . . Und jetzt hör zu und nimm's ernst!: Ich hab es an mich genommen dem Kreuzhofer zulieb, damit er in keine böse Scherereien geraten soll mit dem Gericht.«
Anna ließ kein Auge von ihm, als er fortfuhr: »Es liegt jetzt an dir, ob sie ihm erspart bleiben. Vom Gericht – wenn ich nur das Wort höre! – will ich nichts wissen. Aber eins weiß ich und deshalb bin ich da, es dir zu sagen: Ich weiß, daß alles Unrecht einmal an den Tag kommt, weil ein Höherer als das Gericht regiert. Wer nicht auf ihn zählt, der hat sich verrechnet! Über alles wächst Gras, heißt es. Aber Unrecht schreit einmal auf, auch aus Gräbern. – Das Bild da ist stumm, doch ich kann's reden lassen und dann wirds vorbei sein mit Friede und Eintracht auf dem Kreuzhof. Ihr werdet ärmer sein als ich, der Knecht, den man vom Hof gejagt hat, weil es einem schönen Fräulein Anna nicht gefiel.«

Anna streifte ihn mit einem Blick, aus dem Angst und Ratlosigkeit sprachen. Ein einziger Gedanke stand aber in ihr fest: das Bild mußte in ihre Hände kommen! Solange der Knecht es besaß, schwebte es wie ein Beil über dem Haupt des Geliebten. Jetzt galt es, ihre Liebe durch die Tat zu beweisen. Vor Gott und der Welt wollte sie den Mann verteidigen, der für sie ein Vorbild der Güte und Rechtschaffenheit war. – Sie kannte keine Furcht mehr, als sie vor den Knecht trat und fragte: »Was willst du für das Bild haben?«

Die Gier blitzte aus seinen Augen; er tat aber so als ob ihm nichts an einem Handel liege und gab ihr zur Antwort: »Es ist mir nicht feil.«

»So kommen wir nicht weiter!« herrschte Anna ihn an. »Ich weiß nicht, was du vorhast und frage dich auch nicht danach. Mag sein, daß das Bild ohne Bedeutung für des Bauern Schicksal ist, – dir ist aber zuzutrauen, daß du die Absicht hast, das Glück von fünf Menschen zu zerstören.«

Karl fuhr jäh empor. »So, das traust du mir zu?« schrie er sie an. «Wer fragt denn nach mir? Nach meinem Glück? Habt ihr euch drum gekümmert, was aus mir werde, nachdem ihr mich vom Kreuzhof gejagt habt? Du selbst sagst, ich sei nicht mehr der, der ich war. Was ich heute bin, habt i h r aus mir gemacht! Ich bin ohne Ziel umhergelaufen, habe keinen Menschen sehen wollen. Nachts bin ich draußen gestanden vor dem Kreuzhof, nur um in deiner Kammer das Licht ausgehen zu sehen. Du hast mir das Herz aus dem Leib gerissen in diesen Nächten . . . jetzt spüre ich es nicht mehr, ich bin kalt. Nichts mehr habe ich zu verlieren!«

Seine Worte vermochten Anna nicht mehr zu rühren. Für sie gab es nur eines: Berthold retten. Mit einem flehenden Blick sah sie Karl in die Augen. »Laß den Bauern in Ruh!« bat sie ihn. »Wenn du glaubst, daß dir Unrecht geschehen ist, dann geschah's meinetwegen, und ich will es wiedergutmachen. Ich allein bezahle die Schuld. Gib mir das Bild und sage, was du dafür verlangst.«

»Gut, du sollst es haben«, antwortete er. »Ich brings dir heut nacht – in deine Kammer.«

Anna bückte sich nach dem Tuch, auf dem sie gesessen und legte es sich um die Schultern. Mit abgewandtem Gesicht sagte sie mit verhaltener Stimme: »Du kannst kommen . . . ich laß das Tor auf.« –

Spät in der Nacht kam Berthold Auracher von einer Bauernversammlung nach Hause und sah noch Licht in Annas Kammer. Vor dem Hoftor stehen bleibend sah er zum Fenster hinauf. Sie ging doch gewöhnlich nie spät ins Bett, die Anna. Vom Kirchturm schlug es zwölf. Als er nach dem Schlüssel langte, sah er, daß das Tor auf war. Josef hatte wohl vergessen, es abzu-

schließen ... Oder wartete Anna auf ihn, weil sie ihm irgend etwas Wichtiges sagen wollte?
Mit raschen Schritten ging er ins Haus. In der Stube zog er den Rock aus, hängte ihn über einen Stuhl und setzte sich müde auf die Ofenbank. Anna hatte ihn doch sicher kommen gehört. Warum kam sie nicht herunter? War sie etwa krank? Ob er hinaufgehen und nachsehen sollte? Aber er hatte es von Anfang an gescheut, die Kammer zu betreten – die Kammer einer geliebten jungen Frau, die nicht, wie sie glaubte, seine Tochter war . . . So manches andere war noch, das ihr und den Leuten im Dorf rätselhaft sein mußte. Er fiel in Gedanken, die ihn immer wieder beunruhigten und sein Gewissen marterten. . . Jahre schon lebte er unter der Last einer begangenen bösen Tat ein gestohlenes Leben. War ihm auf der Landstraße nicht wohler gewesen, als er zwar ein schäbiges Gewand, aber als Heinrich Zach einen ehrlichen Namen getragen hatte . . .? Mit den entwendeten Papieren des Toten hatte er dem Bürgermeister vorgetäuscht Berthold Auracher und also der rechtmäßige Erbe des Kreuzhofes zu sein. Alle, das ganze Dorf hatte er getäuscht – und Anna belogen. Nur ihretwegen hielt er durch und plagte sich für den Hof ab, der ihr gehörte. An Anna wollte er wiedergutmachen, seine Schuld abtragen. Dies allein hielt ihn noch am Leben. –

Da knarrte die Stiege. Er stand auf und lauschte gespannt ins Dunkel. Die Haustür wurde auf- und wieder zugemacht. Er trat zum Fenster, hörte Männerschritte auf dem Hof . . . Warum schlug Rex nicht an? Er öffnete einen Fensterflügel und sah eine Gestalt über das Tor klettern. Im fahlen Mondschein erkannte er Karl . . . Karl, den einstigen Knecht. – So also war das!? Seine Welt war in dieser Stunde zusammengestürzt. Er ahnte nicht, daß auch die Annas in Trümmern lag.
Die alte Schwarzwälderuhr schlug fünf Uhr. Der Bauer, der am Tisch sitzend eingeschlafen war, erhob sich tief aufatmend, strich mit dem Handrücken über die Augen und ging in seine Kammer. Als er wieder in die Stube zurückkam, hatte er das Sonntagsgewand mit dem verwaschenen Kommiszeug vertauscht, in dem er vor Jahren auf den Kreuzhof gekommen war; die feldgraue Mütze auf dem Kopf und in der Hand den Schlüsselbund, den ihm der Bürgermeister bei der Übergabe des Hofes ausgehändigt hatte. Sein Entschluß stand fest. Es gab keinen Kreuzhofbauern Berthold Auracher mehr. Auf einen Bogen Papier schrieb Heinrich Zach seine letzte Anordnung, in der er den Knecht Josef anwies, gegen Mittag vor dem Amtsgericht in Erschach zu sein. Dort stehe der Wagen mit dem Fuchs. –
Er ging zum Stall, holte das Pferd aus seinem Stand

und spannte es an den kleinen Leiterwagen. Rex sprang freudig wedelnd herbei und sah ihn treuherzig an. Sein Herr streichelte ihm liebevoll den Kopf. »Ich kann dich nicht mitnehmen«, sagte er; »wo ich jetzt hingehe, haben sie für dich keinen Platz. Komm!« – und nach vielen Jahren legte er zum erstenmal das Tier wieder an die Kette.

Er sah nicht zurück, als er vor dem Tor des Kreuzhofes draußen war. Erst am Dorfende gewahrte er die aufziehenden schwarzen Gewitterwolken. Da zuckten auch schon die ersten grellen Blitze; ein paar Donnerschläge folgten, dann ging ein Wolkenbruch nieder, der das ganze Tal verfinsterte. Dem mit hartem Gesicht aufrecht auf dem Wagen sitzenden Mann peitschte der Sturm eisigen Regen ins Gesicht. Bei jedem Blitz und Donnerschlag bäumte sich das Pferd auf; er vermochte es nur mit äußerster Anstrengung am Zügel zu halten. Da schlug ein Blitz in eine dicht am Weg stehende Heuhütte. Flammen schlugen durch das Dach. Schrill aufwiehernd vor Angst rannte der Fuchs über die Böschung und mit voller Wucht prallte der Wagen gegen einen Baum.

Nachdem Karl von ihr gegangen war, lag Anna, erschüttert von dem was geschehen, weinend in ihren Kissen. Sie hatte gehört, wie der Bauer noch in der Nacht wegfuhr; hätte aufspringen mögen in ihrer

Herzensangst und nach ihm sehen; aber sie schämte sich, ihm unter die Augen zu treten. Erst als das schwere Gewitter losbrach, zog sie sich notdürftig an und eilte in die Wohnstube. Aus der Küche kam ihr Ev mit verheulten Augen entgegen; drinnen kniete die alte Theres vor dem Muttergottesbild und betete laut. Auf dem Tisch lag der Zettel. Auf Annas Schrei kam Josef über den Hof gelaufen. Da trat sie aus der Haustür, todesblaß, mit einem Gesicht, aus dem Angst und Entsetzen sprach. »Helft der Theres beten, damit kein Unglück geschieht!« rief sie und rannte in den Regen hinaus.

Sie lief und lief durch die überschwemmten Gassen der Landstraße nach Erschach zu. Sie keuchte, das Atmen schmerzte sie, sie spürte, wie ihr Herz bis zum Hals herauf pochte. Was kümmerte es sie? Weiter, weiter! zu Berthold, um dessen Leben sie fürchtete. Endlich, hinter einer Wegbiegung, sah sie unter einem Baum Pferd und Wagen – und dabei saß Rex, der sich von seiner Kette losgerissen hatte. »Rex! Rex!« rief sie. Aber Rex rührte sich nicht – er saß neben seinem toten Herrn.

# Inhalt